Matutin

朝の祈り

Gertrud Leutenegger

ゲルトルート・ロイテンエッガー

五十嵐蕗子訳

書肆半日閑

Matutin
by Gertrud Leutenegger
Originally published under the title Matutin

Japanese edition published by arrangement through
The Sakai Agency

朝の祈り

塔の初日

地面を離れてしまう、大風に煽られて、中空に攫われた！森、湖、山が足下に沈んでゆく、ゆっくりと、どこまでも。手足を伸ばしてもどうにも逆らえない、轟く風に、体じゅうが、足の爪先まで唸る。なんてすばらしい、果てしなき空中の夢へ飛び立つ、それがどうして、今になって全身恐怖に駆られてしまう。だがいきなり、遠くからエコーのように、いくつもの鳥の啼き声が迫る。初めはやっと聞こえるぐらいのおずおずとした囀りだけ、慎重な合図啼き、応え啼き、今やますます抑えようのない誘い啼き、不意を突く歓喜、聞くのは本当にこれが最後かしら。しかし囀り啼きは途切れない、ますます声高にますます多声になる。両手で自分の濡れた顔に触れる、見れば、なぜか知らないベッドに寝ている。外は白む。塔の初日が明ける。

たぶんわたしには無理かしら。昨日市役所の役人にしばし懸念された後、それでも塔の学芸員に採用されたのだ。かなり長時間電車に揺られたあと、朝遅くやっとここに到着したことはむろん黙っていた。再び町の中心に向かって階段を下り、大きな広場の雑踏を目指すと、その向こうに広い湖面がキラキラ光り、左右に円錐形の二つの山が聳えていた、気が変になりそうだった。ずっとここにいたことなかったかしら。いや、いた、いた！湖を一瞥したときから見逃していなかった、そうだった、湾のはずれに、数年以上ももやい綱で係留されたプラットフォーム《台状構造物》の上にセンセーショナルな記念建造物《モニュメント》が立っていた、それがついに荒れ果てすっかり風化したので、そこに新しい木造建築ができて、波止場のプラタナスの葉蔭からほのかに煌《きらめ》いていた、実に旧のものより小さくより地味だが。自分で湾のはずれまで歩いて行くのももどかしく、この案件の早急な処理に危うさを感じたような顔をして、広場を急ぐ数人の通行人に訊いてみた。書類鞄を下げたひとりの若い男が言った、変わった事業計画ですよ。多分計画は断念されるでしょう、市役所が入っているビルを指さした、あそこの中庭で見学できますよ。

市役所に隣接するレストランのトイレは、賑やかな厨房といっしょに上階にあって、そこへ行くときだけだが、幾度かこのネオクラッシックの中庭を見下ろしたことはあった。そこはいつも見捨てられた感じで、鳩がくうくう啼いているだけだった。今はここ中庭のガラスケースに湖上の新しい観光施設《アトラクション》のための模型と小品文が展示されていた。まず初めにこの数日で学芸員の応募期限は終わるとの注意書きが目を引いた、さっとガラスケースを眺めてびっくりした。その模型こそ、長年わたしが毎朝目覚め一番、遠くの丘の頂に、地平線上に見ていたあの塔だった。それはほとんど窓もなく、厳しく拒否的な姿の、同じ細い塔だった。ガラスケースに覆いかぶさった、間違いない！北側の、入り口ドアがある正面、それは外へ向かって張り出し、抑え気味の攻撃を表していた、そして湖上の旧のモニュメントがまるで等身大を超える人間が両腕を広げて、入って来る者をすべて掴まえる感があった、それに対するこの建物正面は、人を反発させ困惑させる程度だった。そもそもあの塔は歩いて行けるところだったかしら。丘の頂上の塔を覆い尽くし、それを凌ぐ高さの木々があった、さらにいくぶん離れたところに同じく二列の環形林もあり、その不快な役割をわたしは知っていた。もう嫌になるほど！

しかし今すでに塔にいる。鉄製ベッドは町の破産したホテルのひとつから取ってきたものらしい。この一階にはほかに何も置かれていない。爽やかな木の香りが、プラットフォームにあたってゴボゴボ音を立てる水の、やや腐った臭いと入り混じる、というのも、塔は旧モニュメントと同じ、すべて木造だ。我々は本来、と昨日市役所の役人はわたしに向かって言った、以前の老朽化する建造物について議論の末、定評ある彩色された噴水装置を再導入する見地に立ちかけていたのです、しかしそこへこの予期せざるプロジェクトが浮上しました、そして今日あなたまでが来たのです！実際わたしは市役所への階段を、言わば駆け上がって、まるで塔はわざわざわたしに設計されていたかのように学芸員応募に現れた。この世界は最終的に喪失するという感情があって、それがわたしに謎めいた説得力を与えていたかもしれない。土地についての知識がひとつ、住所が別だということがもうひとつ、それらがきっと功を奏したのだと思う。いずれにしても意見表明をしていただく必要はいりませんと役人は続けた。このプロジェクトは費用が大してかさみませんでした、建築家は名前を付さないままを望んでいます、実現はまた市の失業対策計画の枠内でできました、さらに旧屠殺場の電動鋸が使えましたから。規定を実際に読みましたか。詳述されたドキュメントを読みましたか。それにはさらに数日をかけていただかなければいけません。

思うに、学芸員職にむしろかなり若い男性を期待していたから、市役所の最大の懸念が生じたのだろう。実際この普通とは違う、しかも水上の場所での、閉じこもりに耐えられると思いますか。ビジターに塔のデータを知らせられますか。宿泊規定を守れますか。制約された運動空間はどうです。厳格に割り振られた時間はどうでしょう。これ以上好もしいものはありませんとわたしは叫んだ、そして市役所の役人は立ち上がった。別れ際に彼らの物腰は丁重に近くなった。危うく大事なことを忘れるところでした！と突然事務官が自分の目の前の書類の山を手で叩いて言った。むろんあなたは昼夜監視されます、当然ながらごく目立たないように、この市内でごく最近放火未遂が立て続けにあってからというもの、我々は公共建物の安全に関し、なにぶん用心深くなりました。同じ職員が食事を運びます、多分あの塔で飢え死にしたくはないでしょう。この協議中に初めていらいらした印象を与えたに違いない。きっとちらっと眉根を寄せたと思う、顔の表情を残念ながらコントロール出来たためしがないから。事務官はにっこり、ほとんど嬉しそうに言った、どうぞこれから契約書の署名を反故にしてもかまいません。きっとした態度を取り戻し、頭を振った。いいえ、気を逸らされることなく、少しも邪魔されることなく、せめてもう一度ここの世界の内部に住んでみたいと思います。これに市役所の誰かが笑い声を立てた。文字通りぷっと吹き出したのだ！しかし笑った人の方を一度も振り向かず、きっぱりと出口へ向かった。

ベッドから、階段の終わり口の天窓越しに上階が覗ける。最初の塔見学の申し込みまでにはまる一日あるだろう。今日ビジターはきっと来ない。しかしこの仕事を引き受けたのはなぜだろうか。いつの間にか外の日が翳ってきたらしい。いずれにしても晴れて来ない。昨日暮れ方、役所の職員に塔に連れて来られたあと、最後に事務官がわたしのベッドに置いていった、気密包装のブリオッシュの袋が鈍く光っている。今もし立ち上がれば、中階の採光スリットから、カジノの湖面側の素通しエレベーターの昇り降りや、市立公園にある屋敷の緑色銅製小塔が樹冠に漂うところが、ひょっとするとまだ見えるかもしれない。もう木の葉は黄葉したかしら。しかし急に眠くなる。辺りはどんどん暗くなる、遠くに雷鳴だ。最初の雨滴が水上を叩く、次の瞬間大粒の雨が続く、ここぞとばかり鬱憤を晴らすようバラバラ降りかかる、波止場に面する家々から叫び声が入り乱れて聞こえる。ああ帰って来たんだ！雷雨の轟音がゆっくりと小さくなる。最後の朝寝に入らないうちに、昨日役所との交渉中に突然胸に湧き起きた、まだ漠として半ば陰に隠れた、といって撃退もできない、あの光景がまた目に浮かぶ。そこに学芸員職に向くというわたしの説得力が起因したのか。わたしは五歳だ、お家ごっこには食卓全部使っても足りない、建築中のお城のダンスフロアは床に動かさなければならない。しかし、青いセロファンの窓を伝って本物の光の帯がわたしのホール内側に射し込む、それを受けてお人形さんが小さな影を投げる。よりによってそのセロファンの窓が一つどっかへ行ってしまった。絨毯を這いまわり、家具の下を覗く。季節は夏、暑い、お母さんがほとんどすべての窓シャッターも閉じてしまっていたから、まだ一筋の光がセロファンの小窓を伝って射し込む、といっても数時間かけたお家づくりには飽きた。モスグリーンの肘掛椅子の詰め物が、膨れて床に届きそう、その一つの肘掛け椅子の前で止まって腕に頭を載せる。静かだなあ、誰も家にいないらしい。でも肘掛椅子の下の半暗がりからわたしを見つめるのは二つの目じゃない?ううん、二つの黄色い眼の環《アイ・リング》だ、黒い瞳は暗がりに入っているから、黒い羽毛だけが浮き上がって弱々しい。黒歌鳥《くろうたどり》に違いない!動かない。ちょっとこっちが近づくと、哀願するように一度羽で肘掛椅子の詰め物をはたく。わたしはもう動かないでじっと見つめる。クロウタドリは今静かにしていて、黒い瞳だけが煌く。死んだなと不意に思う、誰もあのこのことを知らない、あのこは死の恐怖で肘掛椅子の下へ逃げ込んだのよ、ずっと近くで黙っていたんだもの。誰かに言ったりしない。次の日黄色の眼の環は相変わらず肘掛椅子の下で光っている、鳥の方向に横になると、向こうもほんのちょっとピクッとする。お母さんはわたしが床にずっと寝転っているのを訝しがる、わたしは一言も言わない、でもどうしてずっと窓が開けっ放しなの。遅い夜寒になるまで肘掛椅子の前に陣取り、朝ネグリジェのまま大急ぎで戻る、しかし三日目、窓がまた広く開け放たれている、モスグリーンの肘掛椅子の前にひざまずく、見ると膨らんだ詰め物と絨毯の間が空っぽ、心臓が止まる。そんなはずはない、その間を手探りで進む。あてずっぽうでも羽が捕まるかもしれない、少なくともあの小さな胸がドキンドキンするクロウタドリが絨毯に残していった温もりが見つかるかもしれない。なんにもない。孤独と怠慢の入り混じる痛みが身を食み、それはこれほど何年経っても消えず、この夜明けにまた蘇る、波止場通りの往来は騒しさを増し、船々は上陸桟橋を離れる、そして、町に戻って来たのは、あの致命傷のクロウタドリとの途切れた対話を続けるため、そんな気がする。

塔の二日目

まず手始めに昨日最上階に上ってみた。一種の屋根裏部屋をまた手にできた！というのも三階は斜めになった屋根の真下にあるから、ふつう塔は細いのだが、この風通しのよさのおかげで本物の家にいる実感がし、それに比べれば屋根裏部屋なしの住いなんぞみんな、切断されたというか半壊した家の暮らしみたいな気がする。屋根裏部屋の窓は張り出した北面をほとんど占める。窓シャッターは精緻の極みで、舞台装置を動かすように全方向に調節できる。この広角から初めて町を一瞥して心躍った。とその瞬間、この塔の自分が丸見えなことに気付いた。窓シャッターを少し閉めて、ふと願った。もしこれがあの辺鄙な所に建てられ、そのために驚くほど損傷もなく維持された塔の復元でなく、むしろ遥か平野の向こう、葡萄園と葡萄園の間の小高い丘に、下に塔があるとは気付かれないぐらい、木蔦にむさくるしく覆われた塔とか、それとも村の向こうの森で虚ろに光り、落雷に遭ったごとく大きく裂けて、もはや藪に呑み込まれその一部と化した塔とか、そうしたひとつだったらなあ。しかしこの塔ときたら裸形で、しかもかつて代々一族の所有した鳥の塔で、町の賑やかな水域といった所の真っ只中にある。

その朝じゅう窓シャッターに掛かりっきりで、最上階を照らしたり暗くしたりし、ようやくこちらからは最大の視角が得られ、だが町からはこちらを絶対に遮ってくれるような定位置を見つけ出した。結局わたしは波止場にきわめて近いところにいる。当然ながら何度も下を覗きこんでは、向こうで何か起きたか、ビジターがもう現れたか確かめた。しかし黄緑色の足漕ぎボートに乗り込んだカップルがいるだけで、アイスクリームスタンドは黒白縞の日よけが下まで下りていた。新聞を手にした中年男性が数人、ハンカチで朝の雷雨に濡れたベンチを拭った後、プラタナスの下に陣取った。そのうちに小さな一団が、どうやら観光客らしい、プラットフォーム前の案内板に集まり、そして長々と塔の案内記述を見入っていた。記述はやはり以前の観光施設のそれと同じく簡潔で、復元物に関する技術的データ、一対一の縮尺、樅の木の板の数と厚さ、鋼鉄製の運搬機械の重量、プラットフォームのサイズ、さらに、塔は湾の一番深い入り江に立っている等の全景をまとめた数行の文、最後に見学の条件。この記述にグループ内で議論がかなり白熱したようで、新聞をめくる男たちまで巻き込んだ、だが彼らが気にも留めず肩をすくめただけだったので、グループは口あんぐりと塔を見上げた。窓シャッターの後ろに隠れていたわたしは、してやったりとほくそ笑んだ。

結局昨日の不安の種は、食事の運搬人についての考えにすぎなかった。それから午後遅く、足漕ぎボートと同じショッキンググリーン色のプラスチック容器がドアの前に置かれた。蓋の内側に蒸気の雫がつき、空き箱はドアの前に置いてくださいとのメモ用紙が貼ってあった。料理はまだ温かい大盛りのポレンタだった。それに航空機内にあるような使い捨てナイフとフォークがついていた。料理を持って屋根裏部屋へ上り、危うくそこの鉄製ベッドに座るところだった。塔の二つ目のベッド、それは残念ながらわたし用ではなく、ビジター用だ。町をこんな風に眺望できるこの上階で眠りたいのに！おまけに本当に延々と続く屋根の向こうは見渡せない、それには塔の高さが足りない。しかし幾筋も続く街路の谷と広場の数々、向こうの市立公園、水路の河口までの眺望は、なにか家並みの一筋一筋を透かしてくれる、そしてその先に巨大な墓石を抱えた墓地があるのだが、さてその立像たちが恐ろしく体を捻じ曲げて天に向かって跳びあがるのやら、それとも最後の生きたい一心で棒立ちになっているのやら、日暮れでどうにもこうにもはっきりしない、その一方糸杉の間からは、ストイックな胸像にされた男の頭部や女の肖像が高さ様々に聳え立ち、まるでヒエラルキー別に永遠の相に住んでいるかのようだ。開け放たれた旧屠殺場の入り口の、梁から下がるビニールシートはパタパタ音を立て、牛血色のタイルは輝き、外壁の蛇腹装飾からは漆喰が剥がれている。半ば干上がった水路を下り、水の流れがやや深いところ、その真ん中を凄いスピードでアヒルが一羽泳いでいる。

グリーンのプラスチック容器が夕方ドアの前から消えて戻ってこなかった。どうやら一回の食事で満足する必要がある。これは塔では電気なしでやって行かなければならない現実にかなっていた。事務官は、わたしたちが塔に入った時、それに明らかな不満を漏らしていた。彼によれば建築家はこの問題に意見を求めない、その一点張りでした。ともかくいずれにしても以前のモニュメントと反対効果を生み出したいと言います。すなわち先のが、夜サーチライトに照らされ、派手なラッパの金色に輝いていたのに対し、今度の塔には光のない存在を死守するというのです。想像するに、と話す事務官はわたしがこの不快点を大騒ぎしなかったことに明らかにほっとしていた、建築家は、すべての人工光なしにしてこそビジターが塔の場所とドラマを思い描ける、ビジター自身がかつて起きた事柄の関係者であるかのように一晩塔にかかわれると思っているのです。市役所の他の職員たちが苛立ちの合図を送りだした。事務官はだがふと塔に興味を起こしたらしい、わたしの手を取り、まだわたしが気づいていなかったドアの前に連れて行った。気がつきましたか？とほとんど打ち解けたに近い口調で、建築家はこの最下階で湾曲した外正面をその内側を卵型にすることでけりを付けました、その結果、角部屋を二つ用意できましたが。この解決に建築家は気をよくし、すくなくとも我々に向かってですが、自分の匿名性を冒して、数時間市役所で滔々と弁じました、かつての諸文明の名だたる建築作品で下水道がなかったことはない、そしてここで自分も小なりと言えども考えを巡らせた、そして塔内でのっぴきならない用足しのときに波止場の公衆便所まで行けとは誰にも要求できない、特に夜は無理だ、実際女性が塔の住人であることもあるのだから、本当に！その人はそう言ったのですか？と叫んだ。そうですとも、と言い切って事務官は自身でも驚いた風だった。他の市役所職員はえへんと咳払いした。数分後、わたしは一人になった。

部屋の真ん中に静かに立ちつくし、目を閉じた。今初めて、気付くか気付かないほどの、プラットフォームの連続的な揺れを感じた。プラットフォームは以前のモニュメントの場合と違い、湖底深くに打たれた鋼鉄製の杭の上に納まっているのではなく、筏の大きさしかないから、錨綱で岸辺に固定されているだけだ。そのあと中階にある採光スリットまでとっと上がった。左右に円錐形の山々が闇に身をかがめていた、眠る二匹の龍、一匹はわたしに黒い腹を向け、もう一匹はきらりと光る鱗で斑の背を向けて。しばらくして角部屋の一方のドアを開けてみた。白色便器が青白く輝き、蛇口の下には傾斜のついた大理石プレートが洗面器になっていた。人目につかないように木壁にはめ込まれた棚置きに、書類が仄かに光っていた、間違いなく塔の記録文書だ、規則によれば、ビジターがわたしの同席がなければ目にすることができない代物だ。トイレを出るとき、壁から突き出た何か鉄製のものにぶつかった。釘かな。指で触ってみた。どうやら燭台かしら?夜ろうそくの明かりで塔の書類に目を通すよう願われているらしい、これには可笑しくって、ベッドに入るとすぐ寝てしまった。

塔の三日目

もう一つの角部屋には一山の真空パックのブリオッシュがある。水の瓶、リネン類の山。そして実際、カテドラルでも照らせるほどのろうそくの貯蔵品。たぶん建築家はこの角部屋を貯蔵室にと考えていたのだろう、しかしそのほかに食べられるものは何一つ見当たらない。一瞬ブリオッシュの数を数えて自分の塔滞在の長さを計算する気に駆られる。事務官はわたしの問いに即答を避けていた。もう九月の半ばですからと言った、塔の夜は冷え込んでくるでしょう、しかるべき時にお知らせします。でもブリオッシュを数え始める。しかしすぐに止めてしまう。夜のビジターもきっと数に入っているだろう、ブリオッシュ、わたしの小さな朝食の亡骸、数えないまままた積み重ねる。緑色のプラスチック容器にはちなみに昨日も同じ一人前の生温かいポレンタが入っていた。自分は他のどんな料理も諦められることをすぐ了解した。自分でもびっくりしたことに、それですっかり気が楽になった。なにしろすべて塔に馴染みの無いイメージは却下するという、塔の室内設計がすっかり気に入った。

また屋根裏部屋に来ている。早朝、空気は澄み、建物に挟まれた道路にあった夜の淀んだ熱気はもうない、木の生い茂る山は輝いている。今日までのところビジターはいない。あちこちにいるのはプラタナスの下の物見高い群衆、あるいは追い散らされた好奇心の強い単独歩行者。いったん踏み入ると一歩も戻れないと思うのか、だれもプラットフォームに敢えて踏み込もうとしない。家々の窓が幾つも夜通し開け放しだったせいか、カーテンが雲のように湧き出ている。窓ガラスには金属塗装したように湖が写っている。台の上に立ち、窓シャッターをすっとずらした後ろで、監視する捕鳥者のポジションを保つ。彼ならば北の上空を探索し、空の最もわずかの暗い色調も見逃さず、そのまま数時間も窺っていたに違いない。脚は強張る、うなじは固くなる。あそこを見ろ！はるか遠く、まるで破線で書かれたような列、それとも錯覚か、ほらそこ。もっとはっきりする、きらきら光る楔形だ、そして突如いま隣りの丘のてっぺんの向こう、空を翳らせ、一見乱れても外に向かってまん丸い群れが来た！意外に長く持続するかと思えば、また急に途切れたりもする渡りの波、それに乗って彼らはやって来る、幾つもの大陸を越える大移動《ミグレーション》。観察塔にいる捕鳥者は、小動物の喜びに高まる息遣いを一秒たりとも思い浮かべることなどない、ますます活発に小動物の温かい血は脈打ち、最後のエネルギーを振り絞って、より速く風切り羽根を羽ばたく。すでに何羽もの弱わった仲間を見失った、途方にくれるジグザグを繰り返しても見つけ出すことはかなわなかった。雪積もる峠、氷河、岩の峡谷、それらを越える飛行にいまやもう逞しい渡り鳥さえも疲労困憊した、恍惚状態で川の流れを、南に開けた谷を追ってきた。だが今いきなり見えたこの空き地！周りを円形に植栽された、密な二列の林、ほとんどが橅《ぶな》の木、ところどころオーク、晩秋でもまだ葉が残る、隠れ場所じゃないか、避難地だよ。そしてみごとに密集した、液果をつけるブッシュ、杜松《ねず》の木、ななかまど、月桂樹、鳥の黒い目はぱっと輝く、小さな体は空腹に震える、救われた思いで彼らは楽園もかくやと誘う場所に降り立つ、そこには彼らを破滅させる道具一式が待っている。

市立公園内の屋敷の、緑の銅製小塔はまだ日陰にある。しかしどうしてあそこに誰か立っているのだろう。もしかするとカラスにすぎないかもしれない。人間だったらせいぜい胸像としか見えない、上部に欄干を巡らした八角形の園亭《グロリエッテ》はどの角にも翼ある獅子をもち、銅製小塔を支える。ちょっと目を瞬く、今見た小塔を、たぶん修復以前と同じだろう、黒いところは帯状装飾かオーナメントだと一瞬思っていた。ところがそれが違う、小塔は銅を葺いただけ、唐草模様はまったくなくなっている。屋敷全体が大庭園の中に裸の立方体のように建っていて、すべて窓の鎧戸は外され、かつての室内馬場はとっくの昔に取り壊され、それを囲む厩と物置も跡形もない。いま屋敷は最後の片隅に至るまで人目に曝されているから、ここに十九世紀イタリアから国外逃亡者や反逆者が、彩色された屋根裏部屋の小部屋や、今言ったあの厩や物置にぎゅうぎゅうに押し込まれて身を隠したとは、箱型馬車に押し込まれて寝ていたとは、とても想像できない。今緑の銅製小塔は日を浴び、きらっと光っている。人影がじっとわたしの方を見つめるように相変わらずあそこにいる。鍔広の黒い帽子をかぶっている、危うく一瞬ふたり兄弟のうちの一方、屋敷の所有者で反乱を起こした逃亡者を匿った人が、戻って来たかと思ってしまう。今にも眼下の大庭園に再び現れて、盲目の弟の腕をとるだろう、沈黙のまま覚束ない足取りで、二人は大通りを歩いてゆく。はてさて彼らがあれほどの情熱を傾けて植えた、外国種の木や灌木は、天へ向かって茂った、ただ下草だけは残らず刈り取られている、いま人目をしのぶ集会の場も、熱を帯びた声明文作成の場ももはやない、と不意に塔のドアを叩く音が聞こえた、ノックはかなり長く続いていたに違いない。

邪魔が入ったように、しぶしぶ階段を駆け下りる。中階で採光スリット越しに市立公園に目を遣るが、銅製小塔は巨大な泰山木の後ろに隠れてしまった。戸口の外にはだれもいない。ところがプラットフォームの端にいる黒髪の女性がくるりと振り返る、あらっとばかりわたしをじろじろ見る。彼女は若い、目は漆黒、多い髪を項のところで、街頭売店で買ったグラビア誌を丸めるときにもらうようなゴムバンドでまとめている。どうやら受ける印象では若い女性は塔見学を真面目に考えている、いずれにしても戻って来て近づく、そのくせそれ以上どうするかは自分の決断次第と言いたげな、用心しいしいの目つきでこちらを見る。泊る部屋はたくさんありますか、と塔がまるでホテルなような口調で尋ねる。こちらからも問い返す、塔見学の条件を読みましたか？と案内板を指し示す、ところがそれより先に早口で応える、もちろんです！全部知ってます。明日ベッドはまだ空いていますか。あっさりありませんと言えたらよかった。しかし学芸員としての全権は塔の外ほんの数歩までしかないらしい。簡単に頷いてしまってから、ふと気が済んだ、結局わたしのところに来た最初のビジターだ、これでわたしの逗留が正当化されたことになる、それで本当は必要でなかったろうが、つい言ってしまう。記帳します。お名前は？

若い女性はもうプラットフォームの端に戻っている。わたしがTシャツの端のほつれをあまり見つめすぎたかのように、彼女はTシャツの襟首に手をやる、こちらはただ菫色に褪せた色と考えたにすぎなかった、彼女は一瞬沈黙し、それからこちらの顔をまともに見て言う。ヴィクトリア（訳注：勝利の女神《ヴィクトーリア》に由来する）です。わたしはまったく驚いた風には見せなかった、あるいは彼女の履き潰した運動靴を凝視したと思わないけれども、彼女はきかん気気味に続ける。ヴィクトリアは、大きく丸い浮遊葉をもち、葉の縁が親指ほどの高さがあって、その上で人も眠れる、アマゾン川の睡蓮です（訳注：オオオニバスの学名はヴィクトリア・アマゾニカ。スイレン科に属する）、父がこの名前を付けてくれました、ヴィクトリアと書いてください。明日の夕方戻ってきます。

若い女性が本名を言わなかったと思って、塔に戻る。しかしヴィクトリアの名は似合わないだろうか。服は着古しだが何かこう人の心を掴むところ、実際に生活上の安心すべてから転がり落ちてしまった人間のみが時として持ちうる本能的な、向かうところ敵なしの確信を持っていた。彼女が塔に飛びついた決断に不安を感じる。好き勝手にしてもらわないために、直ちに地階の記述から始めよう。それにしても夕方にならないと来るつもりがないのはいったいなぜだろう。塔見学には少なくとも午後と宿泊までの時間いっぱいかかる。この人に全施設を実感する時間をどう割いたらよいのか。トンネル状の樹木の列、捕獲網の形状、紐や針金に固定された囮たちを、林間の空き地の地面かあるいは盛り土をした足場かどちらかに取り付ける複雑な作業。しかし囮鳥からどっちみち始めよう、と決めた。塔の一階、多くは盛り土を三面刳り貫いた地下室、そこですべてが始まる。そこの暗い窪みの壁釘に、闇に慣らされた囮鳥の鳥籠が懸っている。

寝る段になるまで、ベッドのある場所が鳥のあの拷問地下室にあたることに気づかなかった。午後の数時間かけて記録を読んでいたのに。なぜ今ごろ気付いたのだろう。ただモデルの樅の木の板に挟まれて寝ているだけだ、目晦まされた鳥の苦痛の叫びと嘆きの声を吸った、苔むし湿った壁の間ではないと、いくら自分に言い聞かせても虚しい。体を輾転反側する。とうとう夢に救われる、白い車をバックで急傾斜の岩路を下りなければならない、地震で左右に投げられたような、でこぼこの舗石を越えるのだ。みるみる空が暗くなる。ライトが利かない、周り一面闇に呑まれる。少しずつ進むしかない、必死に首を回すと、真っ黒な段ボール紙のような壁が、車のウィンドウどれにものしかかる。最後の力を振り絞りハンドルを握りしめる。しかし突然感じる、フロントウィンドウから一本の手がゆっくりと車中に侵入する、こちらは逃げられない。助けなのか？死の一撃なのか？目が覚めた。まるで漏斗を伝わるように、遮るもののない階段を伝わって柔らかな月明かりがわたしに落ちてくる。波止場を遠ざかるのは、ほとんど音もなく家路を指すインラインスケーターたちだ。明日ヴィクトリアさんが来る。

塔の四日目

　ポレンタのことはもう多分これ以上言及する必要がない。まるで蛙のように毎日緑のプラスチック容器が戸口の外に蹲っている。昨日はフォークで波線が引かれていた。ポレンタの運搬人はからかっているのかしらん。今日はいつもより早く起きた。今すでに最上階の窓シャッターを半分閉めてその後ろにじっと立っている。子どもの頃に失くしたと思ったこの屋根裏部屋、どうしてこんなに早くビジターと共有しなければならないのだろう。広々した屋根の骨組みの下のあの忘れられた空間、いつも薄暗がりに漂う境界域、そこならかつての望みがかなって姿が消せた。ひたすら長時間膝を引き寄せ、身動きしないで座り続けさえすればよかった、すると姿を消す作業は必然的経過をたどった。屋根裏部屋にただ一つ、丈高く幅狭いキャビネットがあった。それは母の水色のタフタの舞踏会用夜会服とウェディングドレスを隠していた。このキャビネットに向かい腰を下ろした。ラッカーが暑気と寒気の影響で剥げていた。それとも内部にひしめく思い出のためかしらん。母が目聡いのでたいてい、家の中央キャビネットに仕舞われていたこの屋根裏部屋キャビネットの鍵を掠めることはできなかった。しかしキャビネットを見つめていさえすれば、その前に貼り付いてゆっくり姿を消すことができた。キャビネットのドアを開けないでも、母の水色の舞踏会用夜会服を、華やかな型、タフタの上に膨らんで中全部にふわふわしたものを詰めた、薄く透けたヴェールを目の前に浮かべた、そして指先でタフタはどんな感じがするか細心で触ると、ややごわごわして何か所か破れ目がもうできていた。その隣にはシンプルエレガンスそのものの白いウェディングドレスが掛かっていた。両親は終戦直前に結婚した、それで母はドレスを当時の状況に合わせようと思ったのだろうか。いずれにしてもあの頃、新婚カップルに米を投げることなど誰も思いつかなかったと思う、その代わり趣向を凝らして白米をオードブルに出した。そしてさらに十年が経たないうちに、丈長いウェディングドレスは裁断師の裁縫台に乗った、わたしたち子どもの初聖体の型紙がその上に仮綴じされた、そして花嫁衣装は当時習慣だったように、この目的に糸を解かれ、決定的にばらばらに切断された。完全な形でわたしたちが母のウェディングドレスを感嘆できたのは結局アルバムの中だけで、羊皮紙製のアルバムの中間頁はどの写真にも蜘蛛の巣が張っていた、まるであの写真はすでに遠い時代の蜘蛛の巣の下に沈むように。しかし今でもウェディングドレスはキャビネットに掛かっている。目を瞑り、息を殺せば、舞踏会用夜会服のヴェールが優しくキャビネットの内壁に触る音が聞こえる。暖炉では風がひゅうひゅう鳴るか、寒い秋の晩ならば上昇熱が立ち上るかする、母が階下の地下室の大きな石炭ストーブで火を起こすからだ、そして遠くから鈍い音をたてて、とても家に住んでいるとは思えない、むしろ庭の木にいる啄木鳥《きつつき》のように叩いたりドラミングするのは、タイプライタを打つ父である。頁から頁へ、エンドレステープ然と、父は自分の風の国から自分の記事の印刷された新聞紙を供給する、わたしが地下室でくしゃくしゃに丸めた束に変える、それを母が石炭ストーブの焚きつけにする。屋根裏部屋にいれば暖炉で新聞紙片が最後に揺らめく音を聞けるだろうか、それともそれはここから近い木の梢のざわめきであろうか。もしかすると単に垂木から垂れ下がる、棕櫚の主日の枝がぱりぱりいっていたのかしらん。しかしとっくに姿を消していた、姿が見つからないことにうっとり、わたしは夢心地で家の一部になりきり、この家から決して出て行かないと思っていた。父は仕事用スモックを着ていると本物の灰色きつつき《やまげら》で、というのも灰色の麻のスモックは、しかも糊づけで鳥の羽みたいに立っているからで、父はタイプライタをコツコツトントン叩いて四十雀《しじゅうから》、ヨーロッパ駒鳥、頭青あとり《ずあおあとり》の全員を窓辺に召集する。鳥たちは彼の長い嘴がキイボードの間から拾い出す掘り出し物のお裾分け、芋虫、昆虫の卵、蟻、種を待っている。そして父は実際立ち上がり、彼らのためにパンくずを窓框に撒く、鳥たちは信じられないほど人懐っこいよ、僕のお気に入り、僕の良き守り神だ、感動的な考えを吹き込んでくれる者たちだ、と言う、だから絶対猫を飼ってはいけないよ。屋根裏部屋の雨樋でクロウタドリがちっちゃな胸が張り裂けんばかりに囀る、この明るい高みにいれば、わたしは父の言う言葉を理解する。しかしときどきつい秘かに裏切ってしまう、庭の外壁向こうの草原から上着のボタンをはずしおくるみにして、温かい震える毛皮に覆われた生き物を地下室に運んで来る、その子と薪の束の間でかくれんぼ遊びをする、自分の顔を苔と野生薄荷の匂いのする毛皮に押しつけたりするうちに、その子がまたするりと逃げてしまう。母は殺菌したさくらんぼの黴の有無を再点検しながら、目の隅でそれを見ていただろうか。

誰かが呼んでいる。またドアのノックを聞き逃してしまったのか。ほとんど赤面しながらドアを開ける。事務官が上体を後ろに反らしてドアの前に立ち、視線を屋階に向けている。そして彼がわたしに気付かないうちに急に思い出した、すでに市役所でちょっと困惑させられたこの少し過度の心遣いが誰かを思い出させる。それは遥か昔に遡る。今もこんなに熱くさせるのだろうか、熱さと同じくらい見込みのない興奮なのに。いましたか?と事務官は叫ぶ、ビジターの具合はどんなですか。悪くありません、と応える、ただ塔がもう少し目立たなければ忍冬《すいかずら》や広葉昼顔にカムフラージュされるか、単に木蔦に覆われるといいんですけど。結局この辺りのそうした塔は、森の真ん中で朽ち果てるのでなく、むしろ風当たりの強い地点に立つにしろ、やっぱり自然の中に埋没しますね、木立、丘陵、空にもうひとつ要素が加わったにすぎない風に。しかしまさにそれだからこそ、と事務官はわたしを遮る、誰も自然の脅威を思い出させられたくありません。トネリコのためにあなたの塔が裂かれるとか、羊歯の葉があなたのマットレスから生えることを望んでいないでしょう。事務官の目に俄かに挑発の楽しみがちらりと光る、何であれ強情に疑問視する態度に出会うと、いっぺんに、わたしはまず自分を疑うことを忘れてしまう。しかしそんな風に気を逸らされてはいけない、今目の前に立っているのは事務官にすぎない。今ちょうど頭を少し傾けてこちらを観察している。これと同じグリーンがかった目は、とまた思い出してしまう、そもそもひとの接触は言葉を介して行われ、一方の孤独がもう一方の孤独に軽く触れる、そのことに呆然とした、始終呆然としたようなあの目つき。事務官は素早く一歩近づく、素早いが、羞ずかしいのでぎこちない、ポレンタはと言う、ちなみにぼくからの指示でした。

事務官は自分の言葉が与えた影響にご満悦らしい。気づいたと思いますが、あの分量はたっぷりの計算です。ビジターは食事に加われればしっかり追感出来るでしょう、住民の大半には、少なくとも来る日も来る日もこの粥を食べることがどんなに味気なかったか、せいぜい祝日に煮き合わせのベーコンの切れ端で味にこくが出るにしてもですよ、そして鶺鴒《せきれい》か雲雀《ひばり》のローストが、ポレンタのてっぺんに乗っていると珍味になるとしてもですよ。もっともアルプス越えの渡り鳥大集団を捕まえるために、そんな捕鳥施設を建てられたのは金持ちだけでしたが、いくつかの観察塔には大理石製暖炉や洗練されたフレスコ画が、ポンペイのそれに似ていなくもないものが、取り付けられています。当地のあなたのいる塔も実際二つの暖炉を備えています、一つはあなたが毎日ポレンタをかき混ぜられるために中階に、もう一つは捕鳥猟師が湿った朝の冷気で凍えないために最上階に。この二つの暖炉の複製作りで、しまいには建築家と猛烈な激論でした。いかなる安楽も経験を妨げるというのが、彼の意見でした、その経験はひたすら恐怖心を募らせるとぼくは言いましたよ、ところが彼は断固反対でした。すべてを想像できることこそ大事だ！と繰り返し叫びました、この場所の構造物をまるごとイメージしろだ。それならすぐにもモデルをまるごと水に流してもかまいません、市役所の我々は言いました、問題は塔だけだ！と建築家は無理やり締めくくりました。ポレンタの一件での説得で我々がどれほど策を弄したかをご存じない、あなたはどうやら杓子定規にこだわるらしい、とわたしに向かって言った、しかし昼の日射しも消えた夕暮れ、だれか他の人と、気持ちが理解できない相手であれ、一緒にポレンタを食べる、それ以上になにか心休まることがあるでしょうか。

一艘の船が大きくざわざわ音を立てて湾に入港する。オープンデッキの人々は立ち上がって今こちらを見ている。事務官は急におし黙り、おかしな身振りをする、まるで饒舌を詫びたげに。市役所ではどんなお仕事をしているんですかと尋ねる、普通の職務遂行ですと事務官は言う、時々はさらに登記所も手伝います、残りの時間はすべてこの町の上空の夜の光害《リヒトグロッケ》調査に捧げています。えっ何ですか。興味をもたれたようですが、と事務官は言う、暗い夜といった自然状況はもうほとんどどこにもありません。照明流行病が拡がり、世界じゅうに蔓延しています。この町の建物でも広場でも、投光照明器に似た設備が導入され、このままでは円錐形のふたつの山は両方とも湾から照射され、広告媒体として利用されるでしょう。この光害はちなみに渡り鳥には致命的です、鳥は飛行中にこうした光の渦に巻き込まれるともうそこから抜け出せず、数時間旋回したあげく破滅するのです。しかし最も壊滅的に働くのは昆虫相にとってありとあらゆる人工光源です、一夜で数十億の昆虫が死に至ります、この町の上空にある光害も共同大墓穴なのです。昆虫は百年以上の捕鳥禁止の後に、ここへ来て最大の敵を持ったのではないですか。事務官はふっつりと中断して物思わしげに、まるでわたしが危機に瀕した昆虫でもあるかのように見つめる。それともひょっとすると鳥なのかも、鋼色の燕、彼の目の前でゆっくりと羽ばたき、蛾と見るやずたずたにひき裂き、優美にスイスイ間隙を縫いながら、挙句は平らげてしまうあの鳥なのだろうか。

この瞬間に緑のプラスチック容器を見つける、いつもの場所とは違い、プラットフォームの端にひっくり返っている。箱の方に屈む、すっかり引っ掻き傷だらけだわ！と叫ぶ。事務官は額にしわ寄せ、わたしの方へしゃがむ。容器の蓋はひどい引っ掻き傷でざらざらしている。これは指の爪などではありませんと事務官は言う、むしろ鉤爪です。容器の前にしゃがんで、彼はわたしのそばに近づきすぎたというように、つと立ちあがる。失礼しました、市役所に戻らなければなりません、あやうく午後の会議に遅れるところでした。事務官は足早に遠ざかり、波止場のプラタナスの向こうへ消える。容器に嫌気がするわけでないが、慎重に塔に持ち込む。容器はしかし確かに開けられていなかった、ポレンタは手つかずのままだ湯気を立てている。それでも食事にしないわけにはいかない。それを持って二階の階段に腰を下ろす、採光スリット越しにヴィクトリアさんの姿が見える。事務官はどのようにしてこの街に行きついたのかしら、地上のどこか、暗い一隅に小さな一山の手紙がある、それは紐で括られ、もう開封されない、そして焦燥と要求と絶望が、メモ用紙や紙蓋や包み紙の切れ端に書き綴られた、支離滅裂な殴り書き、あぁ赤茶けたしみが一面に。血の固まりなのか！ちっぽけな糞なのか！それは押し花でも押し葉でもなく、わたしが全然気づかなかったが、押された蚊、書き物の最中に蚊が綴りの間にとまっていたのだろうか、それともわざわざわたしのために押し潰されてしまったのか、わたしはこの昆虫のメッセージを理解していなかったと同じように、わたしの愛の洪水の拒否、恐怖、パニックをまったく理解していなかった。

辺りはすでに暗く、国境交通のクラクション音がもう峠を越したとき、ヴィクトリアさんが褪せた菫色のTシャツ姿で、両手に満杯のビニール袋を数個提げて現れる。塔内に入るとヴィクトリアさんは、こちらが釣り込まれる上機嫌さを見せて、わたしのベッドにどさっと倒れ込む。お願いですが、と少し堅苦しく言う、あなたのベッドは屋階にあります。彼女は本当ですか、と笑ってビニール袋を掴み階段を上がる。この最下階は観察塔の地下室に当たりますが、これから説明しなければなりません、とかなり不機嫌に言う、そして施設を丸ごとイメージできてほしいのです、丘の上や森の空き地や葡萄園の上方にあるものですけれど、その話は上で片付けられませんか、とヴィクトリアさんはわたしを遮り、ビニール袋を持つと、足取りも勢いよくしなやかに三階へ上がる。わたしが屋根裏部屋に追い着くと、彼女はもうベッドに座っている。ふと気付いたが、彼女は汗びっしょりで寝不足気味だ。最下階の洗面所を使えますよ、と言いつつも躊躇いがちに始める、最下階は塔の一階で、たいてい盛り土を三面から掘り込んだ無灯の空間で、墓室のように湾曲しています。壁に釘が打ちつけてあって、釘には捕縛された囮鳥の入ったケージが下がっています、よくいるのは歌声がよく響くせいでクロウタドリ、啼くのが大好きで朗々と囀り最後に宙返りをするズアオアトリ、それにときには真鶸《まひわ》もいます。これは群れを作る最小の冬鳥で、ひっきりなしに囀っては他の旅鳥を誘惑できますが、この鳥を盲目にさせるには特殊な器用さ、まさに外科的手腕が必要です。単眼は他のアトリよりも華奢で、最初いつも興奮してケージで羽をバタバタさせ、地下室の床が黄色とグリーンの羽でいっぱいになるほどですが、それでもついに闇に慣れます。ゆっくりと捕鳥者は燃える針を持って大きく開いた目の玉に近づき、針は一瞬で目を干からびさせ、マヒワの悲鳴がピイピイ甲高く大きく地下室いっぱいに広がります、ヴィクトリアさんは急にベッドで体を起こした。わたしの顔をまともに見る。しかし塔内はすでに真っ暗なので彼女の眼差しを見分けられない。残念ですがここに電灯はありません、と言う。しかしヴィクトリアさんはもう壁の方へくるりと向きを変えた。明日五時半に起こします、とわたしは付け加え、階段の踊り場でもう一度振り返る、今ようやく目に留まる、ヴィクトリアさんが要塞のごとくビニール袋を、ぐるりベッド周りに置いていたのが。

塔の五日目

朝目覚めると遅刻だった。あんなに不安な眠りだったのに。そして今辺りはもう明るい。屋階に耳を澄ましても静けさばかり。聞こえるのは町の中心からバスの発車音、ブレーキの軋む音、開店中のバーからの人の声だけ。さっと服を着て屋根裏部屋へ急ぐ。ヴィクトリアさんは塔のデータのことはほとんど何も見聞していない、樹木の回廊も、捕獲網も、まして拷問具の在庫品目録について何も知らない。少なくとも見張り台にかなり長時間立っていたら、朝の寒気の中じっと耐えるいくばくかは理解した違いない。一番上の階段で涼風に撫でられる。屋階の窓シャッターが開いている。ヴィクトリアさんのベッドは空。中身の詰まったビニール袋だけが昨日と同じようにベッド周りを囲み、そして窓シャッターの掛け金具からは、透明な朝空を前にして彼女の菫色に褪せたTシャツがぶらぶら揺れる。朝一番の光線がその上に落ちる。そして突然微風に吹かれて、しみ付のTシャツの表が、鈍色の青赤から濃い紫まで玉虫色に光り出す、まるでわたしが汚れたビニール袋を無視して堂々たる外国人を宿泊させたと言わんばかりに。

義務感、というかむしろ好奇心からビニール袋に目を遣る。履き潰した運動靴がもう一足、何着かの皺くちゃの服、櫛、破損した折り畳みミラー。ビニール袋は町のデパート数店からの物。ヴィクトリアさんのベッドに触ってみる、ひんやりした感じで誰か寝ていたとは思えない。シーツはぴんとしている。これほどヴィクトリアさんの外出に何も気付かなかったとは！あの終わろうとしない朝の夢のせいに違いない。まだ夢にいるよう、シチリアの薄暗い農場へ入って行く、農場管理人と結婚することになっている、続き部屋の端の帳場で帳簿付けに追われる彼の姿が遠くから見える。頭の後ろにまばゆい卓上ランプが灯っている。建物の中はひっそり閑とし、背が高く若い農場管理人の額に一筋の前髪が垂れている、ややメランコリックな印象、愛しい思いに駆られる。なぜいったい彼に自分の農場管理を負わせたのか、いったいどうしてわたしは権限の取り違えなぞに巻き込まれることになったのか！突然農場の人全員一団から取り囲まれる。自分はただざっとこの一帯を見て、ここで暮らせるかどうか見たいだけだと彼らに大声で言う。辺りは限りなく広く、シチリアの丘陵の真ん中にフィアヴァルトシュテッター湖（訳注：ルツェルン湖とも言われ、辺りは椰子や蘭、栗や葡萄などが育つ温暖な気候に恵まれ「中央スイスのリヴィエラ」とも称されるエレガントな雰囲気のスイスリゾート）があり、子供の頃のピラミッド型の、かなり勾配のきつい山々が蹲っている、しかし誰かがわたしの上に被さり、恐ろしいほどきつくわたしを抱き締める。このそばかす、緑がかった目、それは農場管理人！抱擁を返すと、すでに久しく眠らないまままの、彼へのあの欠けるものなき感情が過去のなかから赫赫と燃え立つ。

屋根裏部屋の窓シャッターを押し開ける。三日前から北風が続いている。今朝は最初の筋雲が山の背後から近づき、空の濃紺が淡色となり、湖面の縮れがところどころ退いて、絹の滑らかな表面に変わる。向かいの湖岸遊歩道に建つホテルの、鮮烈な白と黄土が色褪せる、数百年前にできたこれらの宮殿は、しばしば建物の前面を変更し、名前も所有者も交替したとはいえ、ロンバルディーア式インテリアの地味さ、たとえばクルミ材の簡素な家具で有名だった、それはなにを措いても壮麗な湾の景観を殺いではならぬとされたからであった。後世、食堂にトーネットの椅子、ベランダにラタンの肘掛椅子、病院にあるようなそっけない浴室、贅はむしろ漆喰に、壁布、カーテン、植物に極められ、そして古いバロック庭園には独特な魚池、禽舎、馬とさらに無論湖上の行楽用のプライベート船。大西洋対岸《トランスアトランティック》様式の新しいサロンの出現で時代の頂点にいると思われたが、しかしそれは次々に押し寄せる変化の前兆でしかなかった。火災と破産の憂き目にあい、華麗な廃墟はカメレオンのように次々変身するホテルを開業し、ついには入り口に椰子を配した、細長く伸びた黄色の複合施設、わたしのレモンハウス、となった。

ヴィクトリアさんは戻って来るだろう。他のビジターにひょっとすると最も嫌だと思われかねない塔の宿泊が、彼女にはまさに望ましいらしい。もう一度彼女のビニール袋の置き場所を調べると、なにかわたしのところをマイホーム風に整えてしまったような感がする。彼女が昨晩明らかに疲れ果て、囮鳥《おとり》の眼をつぶしての訓練についてそれ以上聞きたくない、まして地下室の窪みの詳細を聞く気がさらさらなかったのも頷ける。例えば昔わたしは喜んで地下室へ降りて行っただろうか。母のしつこい頼みとそして通りがけに滅菌用大鍋《ハーフェン》の上の白い亜麻布の端をつまみ上げる見込みがあったればこそ、その気になった。滅菌煮沸大鍋《ハーフェン》のことだが、母はいつも滅菌用ハーフェンと言っていた。わたしはそれを聞くとフェーン（訳注：山岳、特にアルプスから吹き降ろす乾燥した風）港《ハーフェン》と結びつけた、フィアヴァルトシュテッター湖の大外輪船用に陸の奥まで移された船着き場で、外輪船のつき破るような警笛が、しばしばわたしの眠りまで進入し、船はフェーンの荒天時にはこのより庇護された場所にのみ停泊できた。フェーン港《ハーフェン》が特殊事情でしか利用されなかったように、母は滅菌用ハーフェンをごくたまにしか白い亜麻布の下から引っ張り出さなかった。それは地下室の収納家具に鎮座ましまして、ヴェールを掛けられたまま、鍋の中で今は鳴り止んだシュッシュの沸騰音を懐かしんでいた。地下室を離れるときはいつも亜麻布に風を当てた、すると金属色をした滅菌ハーフェンはぱっと鈍い光を放った、そのひんやりする外側に耳を当て、そして耳を澄ましたが、お墓の静寂そのものだった。ただし母にだけは、それは滅菌作業の間なにか神託を告げているようだった。母は温度計の水銀柱をあまり信用せず、時々頭を滅菌ハーフェンの方へ傾げ、聞き耳を立て、中がかすかに沸いてくるのを確かめる、とようやく顔に満足の色が差した。

滅菌ハーフェンの鎮座ましますことは興奮の先触れの頂点でしかなかった。玄関扉の呼び鈴が鳴った、そして入り口を開けるや、黒いさくらんぼでこぼれんばかりの籠が置かれてあった。あるいは呼び鈴が鳴るより先に、わたしたちはすぐさま悲鳴ともつかない母の叫び声を聞いた。ラウエルツのさくらんぼよ（訳注：ラウエルツはスイスのシュヴィーツ州にある村。甘いさくらんぼで有名）！父は顔を輝かせて書斎から出てきた、たしかにこのさくらんぼプレゼントに途方に暮れるばかりだったが、窓辺に集まった鳥たちにあれだけ話をしても成果がなかった彼の苦心の構想と文章化が、しかし突如功を奏していた。感謝する人々にお礼を述べたのはほとんど父であった、そしてわたしたち子どもにとっても、言葉から玄関じゅうに溢れる黒光るさくらんぼでいっぱいの籠への転換は、奇跡に近かった。奇跡を実際に処理しなければならないのは母だった。驚いたことに、母はある時本当はホテルを開きたいわ、なによりも遠方から入れ替わり立ち替わりのお客を迎えたいぐらいと言ったので、父はさくらんぼがラウエルツ産だけだったにもかかわらず、さくらんぼの企画準備を太っ腹にも彼女に任せた。人々が帰ってしまうや、未曾有のエネルギーが母の体をしゃんとさせた。さあ仕事だわ！と彼女は叫んだ、さくらんぼは新しいほどいいんだから。すべての日程はご破算にされ、そして滅菌ハーフェンはその大空位時代から解放された。あらゆる近代化に好意を持っていた母は、たいていの果物の場合、結局単純な熱処理貯蔵に移行していた、ただし洋梨とさくらんぼに対しては別で、古い滅菌方法が堅持された。洋梨は、と母は言い張った、この方法だとより白く、香りもより良く、形もより完璧だわ。そして黒いさくらんぼは新しい濃緑色のビューラッハ（訳注：スイスの小都市）産の保存ガラス瓶に入れてしまえばもうそれ以上管理なしよ。ちなみにわたしたちには次の日食のときに役立ちそうに思える位のその暗緑色のガラス瓶越しに、彼女は懸命に眼を凝らしては、ガラスの底の液体が濁っているか、あるいは水泡が上がっているか、もう黴が出ているかを再点検する。さて問題は背の高い透明滅菌ガラス容器！これらをさて、大急ぎでそれに合うガラス蓋、ゴム輪と針金の取っ手と一緒に地下室から取ってこなくちゃ、興奮した父は書斎に閉じ込められ、キッチンの敷居にいたわたしたち子どもには、絶対に室内にいるか室外にいるかにしてね！もう中断されるのは御免だから！と言い渡された。滅菌ガラス容器はいったん詰められたら、わずかな隙間風にも耐えられなかった。それはおまけに滅菌大鍋《ハーフェン》の中で、壊れやすい性質上、互いにぶつからないようにしなければならなかった。母は神経を集中して瓶に向き、わたしたちと一言も言葉を交わさなかった。すでに花柄を取って洗っておいたさくらんぼを、今度は高熱の湯で濯いだガラス容器に念入りに層状に積み重ねていった。驚いたことに、このガラス容器を時々急にぐいと突いて、幾重にも畳んだ布の上へ動かした。それから母は溶かした砂糖を、さきほどの詰めたさくらんぼの上から流し入れた、ガラス容器を閉めた、それを滅菌ハーフェンの湯の中に置いた、これも蓋を閉めた、温度計を装入した、そしてゆっくりと、聞こえるか聞こえないぐらい、まるで遠方からのように、重々しくぼこぼこと忘れられたメロディーが上がってきた。

ヴィクトリアさんのビニール袋のために気が休まらない。もし何か火の気のあるものをその中に込めていたら。結局のところ塔ではわたしが責任者だ。かつては白かったのかもしれないが、今は全面が青菫色に染まった皺くちゃのTシャツの下から、古いジーンズ一着が顔を覗かせる。パンツの脚は不規則なステッチで縫われて短くなっている。この膝の辺りにさえインクか血で汚れたしみ。遠慮なくポケットを裏返す、一つの紙ごみも出てこない、バスの切符すらない。ヴィクトリアさんの生まれについて、ビニール袋すべての中に何の証拠も見つからない。服の製造者名タグは切り取られ、櫛はプラスチック製、折り畳みミラーの拡大面はひびが入って、どこにでもあるもの。彼女にはしかし外国訛りがある、そしてアマゾン河のことを言わなかったか。残念ながら塔の規則によりビジターのアイデンティティを訊いてはいけないことになっている。厳密にはヴィクトリアさんの名前を訊いたことすら違反だった。おまけに少なくともわたしの側からは、夕闇迫る後には沈黙厳守。もしヴィクトリアさんがまた遅い時間に塔に現れたら、さらに困ったことになるだろう。いずれにしても詳述説明のとき、彼女の眠る屋階がいわゆる指令室であることを隠しておこう。でも知らせたらなにかしたりするだろうか。

塔の六日目

昨日の夕方、ヴィクトリアさんがまさかやって来るとは思っていなかった。上の屋階に立って、満杯詰めのビニール袋を塔の外のプラットフォームに置くのがいいものか、思案していた。窓シャッターをまだ畳んで閉めてなかったので、時折り波止場へ目を向けると、数人の子供たちが白いポリエステル皿を裏返しに長い一列に並べていた後、その間をインラインスケート靴に乗って、上手く素早いスラロームをやってのけたり、皿を順番にドミノ倒しのようにひっくり返したりした。子どもたちはこの遊びに誰にも干渉されたくないように、驚くほど静かに行動した。ただし抑え気味の声援、ときには皿を動かす音や歓声も聞こえた。夏シーズンは終わった、波止場全体、湾の向こうの巨大なホテルの廃墟からここの市立公園までが交通遮断されて、インラインスケーターに開放されているので、どこから来たのか誰も知らないぶらぶら歩きの人の波は、湖畔遊歩道に繰り出し、インラインスケーターが疾走で近づけば、自然発生的に路を開ける、このさまざまな言語とありとある大陸から来た人々。真夜中まで彼らは波止場をあちこち行ったり来たり、灯りでまだら模様になった黒い湖水の水際に群がっては往来する、そのさまは地中海のどこかの町にでもいるよう、あるいは南国のどこかの首都にでもいるよう、もっともこの円錐形の山辺にいる人には想像もつくまいが、大西洋対岸の湾にでもいるよう。

ヴィクトリアさんがプラタナスの下の灯光を横切っていると思ったほとんどそのとき、スラロームをする子どもたちのグループから離れていた少女を認めた。少女は静かに塔の近くに立っていた。夕闇が迫っていたためやっと気付いたが、その子はおかっぱ頭で、肘と膝に黒いカバーを付け、細い体つきをし、そして一方の腕をゆっくりと、だがしきりにわたしに向かって振っていた。それで思わず知らず屋階の窓から身を乗り出して合図を返した。それに対し少女は腕の動きを、ふつう子どもによくあるように、速めたりはしないで、もう数日前から合図しているように、先ほどと同じやり方を続けた、しかもそうしたやり方の律儀さに、心底会ってみたくなった。

しかし今ヴィクトリアさんは実際プラットフォームに現れた。手早く窓シャッターを畳んで閉めた。中階で採光スリット越しにもう一度少女を見たかった、だがその子はまるで燐光の文様がふと消えるように、すでに夜の中に消えてしまった。遅かったですねと、ヴィクトリアさんにドアを開けて言った、塔内では今からは本来沈黙と決まっているんです。見学規定をざっとでも読みましたか。でもベッドはまだ空いてますか、とヴィクトリアさんは早口に聞き返し、わたしの頷くのを見て、安堵のあまり放心の体で、改めて丁寧な聞き手の体勢をとり、わたしのベッドに腰を下ろした。わたしは注釈を加えず、すぐさま始めた、囮の鳥は常に針を燃やして盲目にするわけではありません、時にはひたすらゆっくりと、ついにはここ地下室の闇の中でかろうじて生きて行けるまでの明度に慣れさせます。夏の初め、一定の規則に従って翼の羽を抜き取ります。まだ九月にならないうちに鳥を、たいていクロウタドリですが、段階的に明るさに慣らします、そして明るさが戻るこの体験と翼が生え揃うことが、彼らに春だと思わせ、そして彼らは歌って歌って十月末まで歌いまくるのです。歌う囮鳥としては使えないクロウタドリのメスは、と何しろヴィクトリアさんがますます頻繁に眼を閉じていたから、こちらはしっかりした口調で続けた、糸、紐それに金属線を木々の枝に固定して、彼らが羽をバタバタやっても飛び立てないようにします。捕鳥者たちも塔からそんなクロウタドリを一羽紐に結んで、そして巧みに引っ張ることで羽ばたかせることができます、その際動物の脚はたいてい折れます。他のクロウタドリは翼だけを支えてやり、そして森の伐採された空き地を飛び回らせます、そしてそのようにして、囮鳥はさまざまのやり方で捕鳥者の共謀者となり、羽のばたつきとピイピイ啼きと囀り、さらに明るい喧噪にも似た騒音を立てては、近づいて来る渡り鳥たちに安全な場所という印象を植え付けるのです。

ヴィクトリアさんは揺れていた。今にもひっくり返りそう。そしてわたしのベッドで眠り込みそう。大声で咳払いをする。捕鳥者の中で最良の紐使いは、と続けた、夕方に自分の囮をまだ生きたままで見せられる人です、ヴィクトリアさんは眼を開け、わたしを見つめた。どきっとしたように彼女は立ち上がった。波が低くゴボゴボいい、塔はかすかに揺れていた。あなたのこと知っていますとヴィクトリアさんは言った。言葉を失ったわたしは、一呼吸おいてからろうそくを取り、火を灯して階段に置き、その横に座った。ヴィクトリアさんは今すっかり目醒めたらしかった。眼に何か勝ち誇ったようなものが輝いた。そして彼女がろうそくの明かりをうけて目の前に立ち、長い影を塔の壁に投げたとき、ふと自分が彼女の客でこの塔にいるような感じを受けた。あなたのこと知ってます、とヴィクトリアさんは繰り返した。それともう覚えていませんか。初夏の雨がひっきりなしに降っていた日でした、大きなエニシダの花束を腕に抱えてあそこの黄色いホテルの、とヴィクトリアさんは腕で闇の中向こう岸の方向を指し、あなたは水気をぽたぽた垂らしながらレセプションに立っていました、そしてチェックインを済ませるとすぐ、エレベーターなどを使わず、たちまち階段を上りました、青い絨毯に湿ったしみを残して。ヴィクトリアさんはわたしにあれこれ思い出させながら、さらに続けて喋った、ホテルの従業員がわたしに雑巾を持たせてあなたたちの後について行かせたんです。しかしわたしの目に浮かぶのは、雨降る静かな通りのような、がらんとしたホテルの通路だけで、ホテルの客室はどれもキリスト教団の経営する宿泊所《ホスピス》になっていて、そう、絨毯はブルーで、おとなしいブルーだから階段を上りたくなる、部屋はまだずっと上にあるのかもしれない、上へ上へと昇って、何もかも忘れてしまう、日にちも時間も年も、顔を濡れたエニシダの束に押しつける、粘っこい花は髪にまといつく、砂漠の砂のように黄色のホテルは雨に溶けて流れる。

今度はヴィクトリアさんがわたしを驚かせる番だった。おやすみなさいと彼女は言った、ところであなたを知っているのはあのホテルだけじゃなくて、あと二つあります。二つだけねと、意地悪くするつもりはないが笑った、今どこで働いているの。ワシントンホテルです、ヴィクトリアさんはそっけなく言った。ワシントンは木々の間に隠れ気味だが丘の上にある、わたしたちはそこに行ったことはなかった、またしてもヴィクトリアさんが嘘をついていると疑った、しかし不意にどうでもよくなった。一人ぽっちになって目を瞑り、黄色いホテルの屋根の下にいるように思いたかった。おやすみなさいと、もう中階にいたヴィクトリアさんの後姿に向かって叫んだ、明日起こしましょうか。コーヒーはありませんけど。まあ大変ですね、いえ結構です。ヴィクトリアさんは意地悪く返す、目を覚まされないうちに、わたしの方はとっくにワシントンホテルでエスプレッソ飲んでますから。

塔の七日目

冬の季節になってから、わたしたちが町へ戻ったわけでなかった。初夏のあの日も、いちばん葉の密な栗の木森はひどい大雨を凌いでくれはしなかった。栗の木森にわたしたちはよく惑わされた、パチパチザワザワいう雨音が静まった、それで森の伐採された空き地に出て行き、あの場所をおまえに見せたかった、そこはもう消えたと思っていたが最近再発見したのだが、しつこい梣《とねりこ》にまたも占拠され、羊歯に覆われ、白樺は死に絶え、まだほんの少しの金雀児《えにしだ》だけがあった。あの頃はしかし森は自由奔放に茂り、空き地のエニシダの株は燃えてさながら祝賀の篝火だった。しかし今それはどこへ行ってしまったの。霧に迷う山黄蝶《やまきちょう》のようにときどきしか黄色いエニシダの花は姿を見せない、その全容はほとんど、いやまったく分からない、そしてあのパチパチポンポンいう音がほんのわずかも聞こえない、そう昆虫が入り込むと竜骨弁が弾けて丸まった花柱が飛び上がる時の、おまえが聞きたがった音が。何もかも黙りこくって霧の中に停まったたまま、たった一つのエニシダの花も破裂しない、わたしの心に占めるのはこのちろちろと燃える悲しみ、おまえに必要でないことが、死そのものの。

そこに一人の黒髪の若い女性がいて、わたしたちの背後で踏み拉かれたエニシダの花を履き集めていたのか。エニシダが落ちた絨毯はわたしたちがそれまで見たことのなかった六月の空のように青かったが。ホテルの右側には三本の松がへ曲がって樹冠を日に向けて伸ばしている、それこそわたしたちが緑のラクダと呼んだもので、首を伸ばして通行人の目を騙し絵の窓から逸らせている、実は騙し絵の窓は両短辺にそれぞれ各階に一つずつあって、その横の通路窓の各階のカーテンを細かに模している。ホテルの裏手は修道院の厳めしさを残し、旧関税道路を見下ろしている。ホテルの客室は最も安価な最上階も含めて、どれも湖に面している。ほかでもないこのホテルにいてこそ、わたしたちは水上の夜間ライトアップされたモニュメントと、いわば邪魔も入らない一体感を感じていた。わたしたちはこのモニュメントが見えないホテルは選ばなかった、このホテルは一番真ん前でわたしたちの逢瀬を覗き、わたしたちと共に、輝く譫妄状態そのままに眠りのなかを漂い、そして早朝に侘しく風雨に晒されて目覚めた、さながら雨のなかに忘れられたガーデンチェアのように。

事務官が下の波止場に立っている。昨日ヴィクトリアさんとの話はどこまでいったかしら。本当には思えない！まだまだ囮鳥のところだったか。事務官に階段にろうそくの滴跡を見つけてほしくない。プラットフォームでずうずうしくガタガタいう音が聞こえる。事務官はしかしまさか、塔の前で飛び回ったりしてないと思うが。用心深くドアを開ける。ほんの数歩のところに黒猫が座っている、これ見よがしに小さな尻尾をわたしのグリーンのプラスチック容器を押しつけ、こちらをじっと見ている。だがいきなり猫はまるでわたしの決定的なことすべては先刻ご承知とばかり、大口を開け、長い犬歯が見えるほど大あくびをする。漆黒の猫の毛皮が朝日に輝いている。いったい本当にここでポレンタを食べるのは誰でしょうね！と事務官は笑って、腕に大きな包みを抱えてプラットフォームに足を踏み入れる、あなたに洗い立ての洗濯物をもってきました。まだ猫に気を取られていたわたしは当惑を隠せない。お気に召しませんかと事務官は訊く、しかしあなただけのために塔の洗濯物の用意をするのは楽しみです、おまけにアイロンがけもまた大好きときています、山積する書類、贈賄未遂、言い逃れでいっぱいの登記所仕事の一日も終わり、となればきれいなシーツをアイロン台でグッとプレスする、それ以上にリラックスできることはないですよ。ところで、ビジター用のベッドシーツは先週あれで足りましたか。

顔が赤らんだ。未使用のシーツを数枚くしゃくしゃにするしかないだろう、それを事務官の腕に押しつけよう。わたしときたら実際もう一週間塔にいながら、ヴィクトリアさんに向かってただ一羽のクロウタドリの死さえも理解させられなかったのか。鳥は脚を折って、ほかの囮鳥の騒ぐなかで何時間も苦しんで息絶えるというのに。そして事務官はビジターと言っているが、数人のビジターのことを意味しているのだろうか。何かが音を立てずにこめかみの後ろで唸りだす。ほらまた起きた、姿を消す昔の術だ、あの一時中断、すべてと衝突しても。事務官は包みを解いて、洗い立てのシーツの山をわたしの腕の上に載せる、てっぺんにペパーミントの花束が載っている。ぼくの住むビルの基礎溝から取って来たものですと言う、ひょっとするとこれであなたのポレンタに香りづけができるかなと思って、どうですか。しかしペパーミントの先端を壁に打ちつけるのを忘れないでください！そうすれば花に巣くう虫が飛び出てこられます。頭の中の興奮を抑えようとする。ヴィクトリアさんのことを漏らしたりしない、突如そうだと納得する、そうでもしないと自分の塔の滞在を奪われるような気がする。たぶん事務官はわたしがペパーミントにいる虫のために狼狽えたと思って、ほとんどの人がそれを知りませんからねと執りなすように続ける、昆虫はどこにでもいますから、たとえばアルプス石楠花《あるぷすしゃくなげ》がそうです、花は幸い、当地では保護されていますが、特にこの綿毛で覆われたアルプス石楠花の狭い釣鐘状花には昆虫という昆虫がすべて宿りをしているんです！昆虫軽視は子供のころから気になっていました、そして当地の山岳ホテルのコックがある日、最上階のバルコニーから身を投げて、こともあろうに、イギリス人グループのテーブルのアルプス石楠花の真ん中に落ちたのです、イギリス人グループの女性客たちは例外なく耳の後ろにもアルプス石楠花を差していたんです、例外なくですって！とわたしはかっとして叫ぶ、それって前にもあったような気がします。しかし事務官は明るく続ける、ぼくとしては壊れた食器の上に大の字になったコックのことはあまり気になりませんでした、むしろ夥しい極小昆虫の方が気になりました、コックの体重で押し潰されたか、ゆっくりとアルプス石楠花の間を流れるコックの血に溺れたかしたのです、どこのホテルに、事務官を遮る、お住まいですか。

町で一番最初にできたビルです、事務官は答える、今でも威風堂々としています、市立公園の木が高いので、たぶんあなたの屋階からでも見えないでしょうが、せいぜい夜間の発光体といったところです、しかしこちらからはあなたを大変よく見えます、あなたもぼくがいつでも塔を管理していることにご安心でしょう。できるだけ無関心を装って湖を見遣る。汚れた水泡が波の上を滑っている、アヒルたちが今日はひどくけんか腰にガアガアいっている。はるか先に青っぽいガソリンのスモッグが水上を立ち込める。黒猫がその間に丸まっていてわたしをじいっと見つめる、目は開いていても朝日を受けた黒い瞳は細いスリットに狭まっている。岸辺の一本の柳が垂れる枝を水中に滑らせる。だがなぜだろう?カジノの透明エレベーターが始終昇降している。不意に黒い帽子に気付く、鍔広だ、そして長いコートを着た全身は本当にガラスケージに入ったカラスみたいで、その人影はエレベーターを離れない、途切れなく昇降する、塔に向かって硬い姿勢を崩さずに。わたしは顔をペパーミントの花束に押しつける。それから猫の方にしゃがみ込む、と猫はわたしの手の甲に頭をこすりつけだす。この瞬間に事務官が親切にも尋ねる、一つエスプレッソでもカジノに取りに行ってきましょうか。

すでに事務官は急ぎ足で波止場を越えた、そのとき初めて止むにやまれぬ気持ちに掴まれる、塔から飛び出そう。さっさとプラットフォームを越えて逃げ出し、まっすぐ公園のそばを通り、薄暗い通りへ潜るのだ、そこには過ぎ去りし数百年前の最後の町屋、ガラス屋根付きバルコニー《ロッジア》や手すり付きバルコニーのついた商家、一部は閉店したままのものも含む都会家屋が建ち並ぶ。ルービンフェルト（訳注：チューリヒにある繊維店）の旧の生地店舗でも黒っぽい鉄製扉が下ろされている、火災はここでは起きず、むしろアルハンブラにあるアーケード下のより新しい店舗の方だった、シナゴーグからも炎が上がったちょうど同じ夜のこと、炭化した書籍の火災臭と焼け焦げた筒形束の生地の匂いが入り混じった、そして決して拭い去れない煤が、電飾に輝く町の中心部を覆った。ルービンフェルトの向かいのショーウィンドーの、白いウェディングドレスまでもが薄汚れた感じがし、店舗看板はイブニングドレスやそのほかの礼服も宣伝している、ずっと先のアメリカンバーまで行こう、そこでいつものエスプレッソだ。

　しかし事務官はエスプレッソカップのバランスを取り、すでに波止場を越えている、そしてわたしはかつての熱烈さで彼の方を見る。ただしあの頃は夢の中で突風にもって行かれるままになっていた。だが今は目覚めている。朝日が公園の泰山木の葉に差すのがはっきりと見え、縁に玉石舗装したアスファルト道路の上の煙草の吸殻一つ一つまでも見える、暮れ方には町へ流入した出稼ぎ人たちがその舗装にかがみ、そして両手でその上を撫でながら村に捨ててきた玉石舗装に呼び掛ける、はるか上の渓谷にはおいらの貧困とおいらの静寂と病と死があるのよ。水に浮かぶ泥の縞模様一つ一つがわたしには見え、わたしの足元の鳥の糞、事務官の眼の中のゆらめき、彼のそばかすのある震える手、一気に読めてしまう、颶風の真っ只中だと。

塔の八日目

事務官の去った後塔のドアを後ろ手に閉めた。そのとたん静けさに満たされたが、その深さはほとんどまたもや興奮に似ていた。そもそも塔見学のビジターの多寡が問題になったのか。次々に入れ替わり立ち替わりやってくる聞き手に対し、この場所の宿命である囮の陰険さ、忌まわしい騙しの手口の数々、数千羽の死を本当に説明すべきだったか。ヴィクトリアさんはこの塔を選んで来ていた。だから実際わたしが自ら規則違反を重ねたのではなかったか。だからつい浮き浮きと屋根裏部屋に上ってしまった。中階の採光スリットから、もしやビジターが波止場にいるかもしれぬと目を凝らしたりはしなかった。屋根裏部屋の窓から大きく身を乗り出した。今日はもうずいぶんたくさん緑の足漕ぎボートが湖に出ていた。塔の周りを活発にガタガタピチャピチャやっている。開いた窓際の、いつものように寝た形跡がないヴィクトリアさんのベッドに初めて腰掛けた。ここがヴィクトリアさんの塔となればなるほど、ますますわたしの塔にもなった。湖の中心のどこかに向かうのだろうか、足漕ぎボートのバシャンドスンの音が遠のいていった。ただ背後でぎしぎしいう音がした、あらっここにも棕櫚の主日の枝が梁に掛かっていたかしら。目を瞑《つむ》り膝引き寄せて、母のウェディングドレスの納まる戸棚の前に座っていたとき、いつもほんの微風でも枝が屋根裏部屋を囁き声で満たした。しかし近くの庭の木の梢がざわざわ言い出したとき、西洋ヒイラギの枝たちもそれに捕らえられた。いっぺんにそれらはまた芽吹き、この緑色の堅い葉の光ることといったら！ものすごい量の美しく束ねられた西洋ヒイラギが教会の中央表玄関を突き進み、ぴんと棘が葉の縁から出ている。ここもあそこも生け花が林檎で飾られ、中央表玄関は今や垂れ下がる西洋ヒイラギですっかり薄暗くなり、それらは止めどなく教会の身廊へ溢れ出し、大理石も砂岩をも制圧し、祭壇の前に立ちはだかり、そして森の香りを撒き散らす。だがそれから歌唱と喜び《ホサナ》の歌も鳴りやむ。長い三声で唱える受難の朗読が始まる。一番鶏が鳴くとき、突如ぐいっと中央表玄関が開けられる。幾人かの西洋ヒイラギの担い手がまだこんなに遅れてきたのだろうか。わたしたちは全員振り返る。

大きく開いた中央表玄関に、長いトレンチコートを羽織り、フランスベレーを手に、放浪者伯爵が立っている。自転車に乗って現れないとはおかしい、たぶん自転車を教会の階段の昇り口の前に置いてきたのだ。放浪者伯爵と彼の自転車は名コンビで、そして彼がその都度、旧式のぼろ車にひらりとまたがり、長いコートをスポークに絡ませることのない姿、何度見てもわたしたちは惚れ惚れする。痩せて背が高く、命を蝕むかもしれない珪肺症にもへこたれず、放浪者伯爵は開いた正面玄関の風の通り道に立っている。受難の朗読者たちはちらっと目を上げただけでまた読み進める、言うまでもないが、市参事会員ベンチに座るお役所の誰かが、聖歌隊席の間仕切壁に仕切られたこの快適な個人席から、つと立ち上がって、お偉方への悪口雑言で名高い放浪者伯爵に、合図を送ろうとする。通路と祭壇前に溢れるざわざわ音立てる西洋ヒイラギの山が彼の盟友であるかのように、放浪者伯爵はきらきらとした目を満座の身廊の上に走らせる。どうやら彼は数瞬間敬意を楽しむ、わたしたちが半ば遍歴者、半ば定住者をそう呼んだ放浪者たちはみな、一瓶の火酒と家畜小屋での一宿を拒まれることはなく、敬意を払われることを知っていた。それからしかし彼は頭を垂れ耳を澄ます。ユダは銀貨を神殿に投げつけそして縄で首を括る。祭司長たちは言う、この銀貨は神殿の金庫に入れるのに相応しくない、それが血の代価だからだ。そして祭祀長たちはそれで陶器師の地所を買い、外国人の墓地にする。それゆえこの地所は今日まで血の地所と呼ばれている。時々わたしたちは振り返って見るが、放浪者伯爵はまだそこに立ち、頭を垂れている、だからもし四月の雪片が中央通路に吹き込んだとしても、あるいはフェーンの突風が彼のトレンチコートを撒き挙げたとしても、彼は微動だにせず同じ場に立ちつくし、受難物語に聴き入るだろう。続く話は茨の冠、ゴルゴタの嘲笑、闇の中での突然の叫び声エリ・エリ、ラマ・サバクタニ。全員が跪く。わたしたちが立ち上がるとき、開いた中央表玄関はひと気なく、そしてまた閉めようとする者はだれもいない。

ヴィクトリアさんのビニール袋の中でパチパチ音がしていたか。わたしが彼女にしてはいけない質問が自分をそれでも追い詰める。彼女は滞在許可もなく何とか目立たずここで生き延びようとする夥しい人たちの一人だろうか。労働契約なし解雇保護もなしに、見つかるかもしれない不安を始終抱えているのか。しかしだがヴィクトリアさんがどうやらホテルで働いていたことはやっぱり異例だ。ワシントンホテルの件について確かに今も前も信用していない、もしかするととっくによそで働いているのかもしれない。それとも住む部屋も失ったのだからそもそも働き口はもうないのかもしれない、だって部屋がなければ、少なくとも又貸しの部屋でもなければ、誰も彼女に働かせてくれないだろう。ヴィクトリアさんが落ち着き払った風を装い、町を歩き回る姿が何度も目に浮かぶ。赤信号で車一台どこにも見当たらなくても、青にならなければ横断歩道を渡らない。きっとバスにめったに乗らないし、乗ったとしても有効なバス切符を持っているときだけ。駅前広場はどのみち避ける、夕方の外出なんてとっくに忘れた。デパートのトイレで住所や電話番号の分るものを携帯していないことを定期的に確かめ、疑わしい紙きれはどれも細かく刻んで、水洗装置に流してしまう。帰りのチケットだってそもそも持っていたが、いつの間にか期限切れになってしまった。それでヴィクトリアさんは静かに違法に潜った、それは抜け出したいと思った貧窮と同じくすぐにも人を無気力にさせる。もしかすると意気揚々としていた唯一の時期は、彼女がとり憑かれたようにこの旅行チケット代金を貯め、諦めにもひるまず、最後の金を使いまくっていた頃だったのだろうか、そして波乱万丈の匂いがくそ元気にしたのかしら。

それとも全然それとは違っていたか。追跡されたか。逃走したのか。何もかもから抜け出したい、この抑えられない衝動はどこから来るのか。囚われの状態が放浪の才を抹殺しないうちに家出だ。将来を見据える一瞥が、わたしたち子どもが靴の試し履きのときに足を照射されたあの戸棚式のレントゲン箱を見据える一瞥に比べて、より深いとはいえなかった。わたしにはたくさんの大伯母がいて、そのうちの一人が中央広場からほど近いところに靴屋をしていて、靴を買うときにはきまって教会の鐘の音がご偏在だ。しかし教会で告解する前の内心の興奮も、この足の告解前の心臓の鼓動と比べればなきに等しい。さすがと思わせる体形の、白の絹ブラウスを着た大伯母は木箱の覗き穴に身を屈める。その間母はゆったりと肘掛椅子に座っておしゃべりだ、確かにわたしたちの小さな足について若干は知るけれど、究極の判断は大伯母の権威にお任せだ。大伯母がボタンを押した、幽霊のような緑色光線を浴びて押し込められたわたしの足の指の骨が見える。今から大伯母は何もかも発見してしまう、レントゲンの一回じろりが一番秘密の道草、荒れ果てた川床に秘かに通うことを大伯母に暴くだろう。ほら。小川のちっぽけな小石が足指の皺に挟まっている。もっとしっかり足指を動かしなさいと言われ、恥ずかしくて顔から火が出そう。自分の姿が見えないことにうっとりしてじっと屋根裏部屋に座っていたのはわたしじゃなかったかしら。そしてこの家を決して出ないと誓ったのは。しかし何度も逃げ出し、荒れ果てた川床に出掛けた、足はそれを、不実を、裏切りを語ってしまう。そして元気よく足の指をどんどん動かしてと言われれば言われるほど、将来のすべての放浪の旅を明かし、すべてを手に入れるためなら一度すべてを投げ出しても構わない、宿命的な欲望をますます明かしてしまう。大伯母が一言も言わず、レントゲン装置にひたすら注意深く体を傾ければ、わたしの足の明々白々な告白はいっそう容易ならぬものになる。大伯母の水色の目には善意しか読み取れない、それでもわたしに免罪は与えられない、疑いを晴らされる救済もない、心がけ良しの野外への跳び出しなんぞは不可能だ。鬱々としてそのレントゲンの告解場から足を引き抜く。新しく買った靴の上には苦しみの薄衣が残る。どうして大伯母は村中の足の告解を背負って、いつもあんなにしゃんとして中央広場を渡れたのだろうか。ずっと後になって、ずいぶん親元を離れていた頃、一人の女の子がわたしの手を掴んで、まるでおもちゃ屋の魅力的な入り口に吸い寄せられるように、まっすぐ教会裏の扉の開いた死者礼拝堂へ突進してゆくだろう、扉が閉まっていないとはどういう意味なのかを知るからわたしはいやなのに。しかしそのあと、ふたりは輝くばかりに白い舞台装置に茫然と立ち尽くす。陰気な二層式礼拝堂がみずみずしいフランス菊《マルゲリーテ》の花束に溢れかえっている、花輪にはそれが挿してあり、柩はまき散らされたマルゲリーテの下で見えない。張り出された死亡広告を一目見る必要もない、そうだ、靴屋の大伯母が長寿の末ここに、彼女の名の花に飾られて横たわっているのだ。彼女は夥しい小さい靴に大きい靴の秘密すべて、将来の流離を告げる神託すべてを持って死んでいった、しかし今やこの誠実さを守って、といって厳かに微光を放つマルゲリーテがそれを告げるわけでないけれど、彼女は楽園の入り口で待っている。

塔の九日目

ヴィクトリアさんが昨日早朝に現れたのでびっくりした。失職したのだろうか。しかしもしかすると暇な午後だっただけなのかもしれない。すぐさま彼女に文句を言わなかったのは初めてで、もっとも彼女は塔に入ったあと人待ち顔に立ち止まりはしたけれど。わたしの沈黙に苛立つ様子もなく、階段を上り、中階でだがわたしを呼んだ。スリットから光が木の床に落ちた、その場所でヴィクトリアさんは脚を引き寄せて座り、待っていた。それで尋ねた、塔の外観の形について話しましょうか。むろん、ヴィクトリアさんの目に浮かんだ嘲りの色を見落としはしなかった。観察塔は常に石やレンガ壁で廻らされているの、と落ち着き払って始めた。高さは六から十四メートル、平面はたいてい正方形、ここのこの塔のような湾曲した正面は例がないわ、鳥の待ち伏せ観察には格好の構造になっているけれど。塔のエクステリアもインテリアもふつう殺風景でそっけなく、塔が侘しい森の空き地や、人里離れた丘陵の突端に建てられていた場合には特にそう、ただし居住地域に近い場合には、遊歩庭園のあずまやにあるようなフレスコ画があったり、大理石の暖炉、窓台、ドア敷居、牛血色の床タイルがあったりもする。ヴィクトリアさんはその間スポーツシューズを脱いで足指を陽にあてて遊んでいた。上に通じる階段が塔の内部にあるとは限らない、と早口に続ける、むしろ階段がよく外壁についている、命がけの装置で、手すりがないとか、階段の造りだって朽木とか荒削りの石板そのままとか、階段の間から下を覗けば視線が落下する、遠目にもはっきりと、例えば捕鳥者が監視のためによじ登る姿が見えたりもする、あなたは運がいいわね、と強調して終えた、ここの塔がそうでないことは。ヴィクトリアさんは眉に皺を寄せて、わたしを見つめた。しばらくして言った、ワシントンホテルから入室お断りというルームプレートを持ってきましょうか。四ヶ国語のとか？火災警報時の逃走経路図とかも？わたしは大声で笑ってしまい、木の床に腰を下ろした。ヴィクトリアさんの方を向いて足を同じちらちらする陽だまりに伸ばした。気づいていましたか、と彼女は言った、この塔って下に向かって細くなっています。下に向かって、わたしは叫んだ、そんなことないでしょう。先細りする塔がごくたまにあるといっても、せいぜい上に向かってでしょう。いいえ、ありますとヴィクトリアさんは言い張った、夜お休みになっていた間よく上からあなたを見ていました。奇妙だなと思いました、塔がやや漏斗型をしてはいるにしても、井戸の竪穴とは違うあの下の低いところに横になっていましたね。それで気付いたんです、まさにこの漏斗型のせいで夜の光が一階まで届く、そしてこの印象は下に向かうに従って明るい色に彩色された木板のために強まるんです。知らなかったですか。

わたしたちはかなり長い間中階の無垢の木の床に座ったままだった。ちろちろと陽のあたる場所はだんだん移動し、突然消えた。ヴィクトリアさんのTシャツの色褪せたパープルは、今や最後の審判を描いた古画の風景のように陰鬱になった。今の今までわたしは、ここに大軍で飛来し、捕縛され、殺された鳥の種類を一言も言及していなかった。そこで、角目鳥《つのめどり》、ヨーロッパ雨燕《あまつばめ》、胸赤鶸《むねあかひわ》の説明を始め、さらに話はオリーブグリーンの羽で気付かれずにブッシュの中を通り抜ける、黒い頭頂部を持ち、歌うときには口笛を吹きながらの宙返りをする角目鳥の隠れた生活、一方ヨーロッパ雨燕のけたたましい叫び声、この鳥の鎌形の翼で大気を叩きながらの急発進と急降下、鮮血色の額と赤肌の胸を持ち、侵入するように現れる胸赤鶸《むねあかひわ》に及んだ。当然ながら歌鶫《つぐみ》、五色鶸《ごしきひわ》、白鶺鴒《はくせきれい》、雲雀の話も付け加えたかったが、ヴィクトリアさんの目の据わった表情を見て黙ってしまった。彼女は急に立ち上がって採光スリットに背を向けて立ったので、中階は当然まるで日食のときのように真っ暗になった。鳥のことは知りませんとヴィクトリアさんは言った、そして鳥が飛び立つときには目を閉じます。

ヴィクトリアさんは祖母の家を訪れた折に、たまたま目にした高地のあのお祭りを語り出した、語る言葉は最初無頓着に響いたが、精確さを選んだ表現となり、興奮が増すにつれ途切れはしたが。凸凹のバス道は果てしなく思われたけれど、とうとう砂ぼこりの向こうに針山をばら撒いたようなパンパスの草束が現れた。村に到着すると、漠然とした不安がよぎった、そうするうちにお祖母さんはわたしと父さんをすぐ、藁で覆って照りつける日差しを塞いだ家の中に連れて行った。でも家の中まで物売りや屋台の騒音、鸚鵡《おうむ》の啼き声が響いてきた、そしてバスを降りてすぐ、焼きトウモロコシや湯気を立てるコカ茶の匂いがしていた、きっとさつま芋だわ、もしかするとたくさん唐辛子《チリ》だってあるかもしれない、嫌がる父さんに有無を言わせず、引っ張って野外に出たの、ヴィクトリアとお祖母さんは懸命に叫んでいた、これはうちらの祭りではないんだよ。しかし彼女はもう父さんと一緒に沸きかえる人ごみの中にいた、人々は潮のように間をおいて退いたり寄せたりしながらも、ギャロップで過ぎる騎手に場所を譲った、すぐ目の前で騎手たちが腕を振り上げて殴る構えを取った、その後、馬の踵を返した。そしてようやく間近に厳めしいコンドルが喘ぐ姿が見えた、二人の男たちが鳥の腕羽と両脚をむずと掴んだ、そこへギャロップで過ぎる騎手たちがあの黒い巨大鳥を素手で殴った。擦り切れた肩羽が吹っ飛び、鳥の排泄物が騎手たちに掛かった、ヴィクトリアは鮮血色のコンドルの首、白い襟巻のあるピクピク震える肉色の喉を凝視した。いや、あれは天高く静かに漂う鳥、彼女が何度もお祖父さんと一緒に驚嘆し憧れた鳥ではない、お祖父さんに言わせればかつての王国の王たちがブルーの額帯の後ろに鳥羽を挿した、あの羽の鳥ではない、いや彼女の目の前で責め苛まれた果てに死んでいったあのコンドルではない、それは、脂でぺかぺかの黒服を着て、服から一張羅の白シャツの汗まみれの襟が覗いていたお祖父さんその人だ。このいでたちは埋葬のある時だけ着用し、バイオリンを譜面なしで演奏するお祖父さんは、知らせが入るやすぐさま喪中の家へ駆けつけ、演奏した、その間親類たちは鶏を持ち寄り、死者のもとで飲み食いをしていた。お祖父さんは徹夜で翌朝まで演奏を続け、ときおり悲嘆のメロディーを突如ダンス曲へテンポを上げた、ヴィクトリアはお祖父さんにあちこち連れ歩いてもらっていたから、お祖父さんの首が暗赤色になり喉仏が上下に跳ねるのをうっとりと見ていた、コンドルの素嚢が早鐘を打った、鳥は死の不安から苦しめる人間どもを嘴でつついたがどうにもならなかった。ヴィクトリアがぴくぴくと目を瞑り、また開けた、その時ギャロップで走り去る最後の騎手が、喉がぜいぜいいう鳥からその舌を噛み切った。彼女は次の一瞬、男の勝ち誇るにやにや笑いに歪んだ血染めの顔、群衆の挙げる悲鳴を捉えた、無我夢中で父さんを引っ攫った、興奮する人垣を掻き分け掻き分けた、焼きモルモットを尻目に、お祖母さんの薄暗い家に着くや、喉を詰まらせ、咽び泣きながら嘔吐した、緑色がかった反吐はいくら吐いても終わらなかった。

ヴィクトリアさんはもう寝ついたに違いなかった、一方わたしはその間にまだ中階に座っていた。彼女のスースーいう寝息を聞いてようやく階段を下りた。わたしは夜また子供になって庭の道を走る。お父さんの書斎から細い光の帯が延び、うす暗いキッチンには母がくたくたになりながら、茎を取ったさくらんぼの山の向こうに座っている。ラウエルツ産の黒さくらんぼの最後の一籠が地下室通路で待っている。そおっと白いネグリジェを汚さないように裾にいっぱいのさくらんぼを入れて、家から抜け出す。順番に間を置いて庭の道にさくらんぼを数個ずつ落とす、朝早く鳥たちが啄ばみますように。仕事に夢中になってただ一度だけ頭を挙げて誰も追ってこないことを確かめる。お父さんの書斎の明かりは消えてしまったが、窓は広く開いたままだ。お父さんの姿がくっきり浮かび上がる、立派だな、不動の姿勢だわ。用心しいしい片手で合図する、もう一方の手はさくらんぼでいっぱいのネグリジェの端を掴んでいなければならないからね、きっとお父さんはわたしがわたしなりにヨーロッパ駒鳥、シジュウカラ、ズアオアトリに餌やりをしていることを喜んでくれる。でもどうしてかしら、突如風が起こり、庭木がみな急に騒ぎ出し、それで菜園の小さな金属片の旗、お母さんが秘かに挿した鳥よけ案山子、それらがかさかさ音をたてはじめる。案山子はますますけたたましいガチャガチャ音を立て、ごろごろと音が膨れ上がる。かすかな稲光で金属片から庭の隅の紫陽花の真っ黒な株立ちまでぱっと光る。お願いだからと片手でお父さんに合図する、でもその姿はどんどんと溶けて夜に呑まれてしまう、助けてーのわたしの叫び声は案山子のどよめきにかき消される。目を開けると、塔はほとんど揺れていない。市の中心部へ警察のサイレンが遠ざかる。

塔の十日目

屋根裏部屋から、アルハンブラと町で呼ばれているあの湾曲したアーケード通路の最初の端が見える。最近できたばかりの、ボスポラスという名のケバブの店が朝もう開店したか知りたくなって、身を乗り出すともう体を引き戻せない。アーケードのおしまいの支柱に凭れて、鍔広帽子を項まで引いた、長い黒コートの人影がまっすぐわたしの方を見上げている。しかし距離が相当離れていてだれと見分けがつかない、もっとも先方の顔は日に照らされ、一方わたしはまだ塔の陰の中にいるのだけれど。さらにアーケード通路の床タイルが、黒白の菱形模様だが、それまでぴかぴか光っている。突然長コートの人影は体の向きを変えて大股でアーケードの下に消える。ルービンフェルトの店では、布地の反物、お買い得のチェック柄や花柄生地が陳列用に運び出される、峡谷の高齢の女たちはいったん街へ繰り出すとなれば、デパートよりもアルハンブラのこの店に来たがるからだ。そのうちに黒い人影は引き返し、今度はアーケード通路の菱形模様に見惚れたように、ゆっくりと首を垂れる。しかし今またわたしの方に顔をあげる。わたしは息を殺し、なんとなく屋根の彼方を見遣る、めったに見えない赤レンガ色の島々がだんだん灰色に変わり、ガラス面がキラッと輝く。一軒の屋根の楓から、アスファルトへ向かう大胆な逃亡者となって、一羽の鶴が飛び立つ。黒の長コートの人物がまた向きを変えると、わたしは急いで中階に下りる。

さて実際さらに事務官もわたしを呼んでいるのだろうか。第二週はしかし全然終わっていないのに、と頭をよぎる。それともわたしの時間音痴で困ったことになったのかしら。大急ぎでヴィクトリアさんの使ったシーツをみな丸める、用心のために毎日彼女のベッドシーツを換えてきた、なんて贅沢な！と彼女は必要性を納得しながらも、楽しそうに叫んでいたわ、くしゃくしゃに丸めたシーツを腕いっぱい抱えてドアを開ける。事務官は驚いて笑う。確かにまだ洗濯日ではありませんがと言う、今から少なくとも市当局を安心させられます。プラットフォームに体を伸ばして寝ていた黒猫が反転し丸まって、下から斜めにわたしを注意深く見つめる。突然猫は神経質に毛繕いをする。どうして安心させるのですかと聞く、わたしがポレンタを嫌っていると心配しているのですか。そんなことはありません、と事務官は言う、しかしビジターグループから不満が上がって来たのです、塔は時々ひと気のない感じがするが、いつも塞がっているというのです。それがここの目的ではないのですか。と丁寧に聞く。

もちろんと事務官は応える、このモニュメント見学は、以前のものと違って、少数の人のためだけに想定されていることはわれわれには自明です。しかしそれでもドアを叩いてもあなたが一度も塔から出てこないことに苦情が寄せられています。塞がっていると言ったら塞がっているのです。と言う、契約では塔見学について報告をしなければならないとはどこにも定められていません。確かにそうです、と事務官は折れる、本当のところ、ここに来た理由はそろそろ夜のウール毛布が入用ではないかと聞きたかったからです。

ともかくヴィクトリアさんのシーツを全部事務官の腕に押しつけた。ところでと訊いた、鍔広の帽子に黒の長コートを着ているあの人物は誰なのですか。事務官は認めたくないと顔を顰める。避けられませんでした！と叫ぶ、遅かれ早かれあなたが建築家の登場を発見してしまうのは！どうして始終アルハンブラを歩きまわっているのでしょう、と前から幾度も気付いていたように言う、あのですね、と事務官は応える、その場所に行くのは避けてくれとわれわれは彼に言いました。だがむろん昼も夜もアルハンブラにいるのです、町の人はそれでスペイン人としか呼びません、ところが彼はそれを光栄に感じているのです、というのもバロック建築師のあの突拍子もない作品が、旧の水上のモニュメントには、少なくともその半分まで模倣されていたのですが、その大元のバロック建築師がスペインブラックを一貫して着用し続けたためにあのあだ名をもらっていたからです。アルハンブラの黒白柄の床タイルを始終歩き回ることは、と建築家は言うのです、まさにあの建築師のこのテーマを考える上で非常に参考になる、さまざまなヴァリエーションで黒白に組まれた床はまだ十分に注目を浴びていない、このどこまでも運動エネルギーに満ちた建築が視線を天へ導いたのはたしかに納得できる、とはいえ床もまた目も眩む黒白柄によって溶解し、見る者を銀河系的な底なし状態に引き込むだろう、目にまだ白と映ったものが突如黒に見える、その逆もあり、まだ誰も、と事務官を遮る、建築家のアルハンブラ常住に苦情を言わなかったのですか。

事務官は首を横に振った。ルービンフェルトの店舗火事以後、町の人は好きに任せています、彼が真っ先に火事の匂いを嗅ぎつけ、直ちに消防隊に急を知らせました、誰もが舌を巻く早業で生地の反物を次々に煙の中から運び出し、特に赤の反物に突進しました、そこから火の手が上っているとばかり、子供を抱えるように生地を掻き抱き、そして戸外へ救い出したのです。ルービンフェルトの店の人たちは感謝してこれら赤い生地の反物を幾つも彼に譲りました、それを使って今度は旧屠殺場のいろんな部屋を見事に仕切り、垂れ下がる布で一種の木の下道を作り上げました。屠殺場の若い占拠者たちは最初聞く耳を持たなかったのですが、結局彼が弁舌まくしたてて説得したのです、あなたもそばを通れば、深紅色の布が屠殺場の室内で羽ばたいているのを見れますよ。しかし残念ながら、と事務官は突然不意を突かれたように言う、これで建築家が住んでいる場所をお分かりですね。

事務官は前脚を伸ばして日向ぼっこする黒猫の方に向いた。陽射しはその間に公園の大きな泰山木からプラットフォームに動いている。本当にと事務官は言う、市はあなたの監視になにも手控えたりしません、波止場のもっとも有名な雄猫さえ関わっているんです。猫が夜漁師たちと一緒に湖に出るところをもう見ましたか。今までに猫がそんなことをしでかしたと思い出せる人なんていやしませんが。それって雄猫ですね、とわたしは気のない返事をして、いったいどのくらい前から建築家は若い占拠者たちと住んでいるのですか。黙っている事務官を見詰める、彼の皮膚のそばかす一つ一つまで見える。屠殺場の暖炉から突然今また煙が上がる、忘れられた朝明けにあった臭い、甘ったるく吐き気を催す臭い、それに襲われる。屠殺場では内くるぶし丈まで血が付着している。事務官は尋ねる、あなたは市当局に返事をする義務があると思いませんか。塔はいまや昔の水上のモニュメントと同じように市の定番地点になりました。いいえ、わたしは意固地に言う、こういう建物に何の表明もいりませんわ。

型崩れしたポケットを弄りながら事務官は尋ねる、それでろうそくの貯えはどんな具合ですか。ろうそくなしではいられないと思ったもので。ぼくもいつも一本持ち歩いています。この地域の激しい雷雨では絶えず停電を予期しなければなりません。そして土地登記所で蛍光灯の下での一日が終わると、晩方ビルの屋上でろうそくが消えるのを見ているのが好きなんです。よく分りますとわたしは言う、消えるのが待ち遠しい、すべて明滅する異質なものからやっと落ち着ける、もう急にぱっと輝くこともうない、無条件の灯火はない。ついに単調な闇だ、邪魔もなし、挑発もなし、ついに夜が到来した。でもあなたが計画的に準備されたろうそくの蓄えは要りません、と急に激して続ける、ろうそくが消えるのが恐ろしい、今も何よりもそれが恐ろしい。聖週間に教会の身廊の聖歌隊席の前に築かれた聖墓がどんな高いところにあったかきっとご存じないでしょう、それは木製の大理石板でできた黒の舞台壁なのです、そして長い合唱の間に、途切れがちの間を置いて、ひとりの人がゆっくりと死んでゆくように、ろうそくが一本また一本と消されました、そして瀕死の苦しみのうちに全世界が消え去ってしまい、ついに寺男が最後の燃えるろうそくを主祭壇の陰へ持ち運びました、それをその場所で、神の死に取り残された思いで吹き消すためでした、この瞬間に聖堂の紫の天幕は裂けたのでしょうか。事務官は狼狽えてわたしを見つめる。それから唐突に回れ右をしてプラットフォームの端へ急ぐ。カジノからあなたにエスプレッソを持ってきますと叫ぶ、すぐ戻ってきます。

塔の十一日目

　いつものように朝目覚めるとまず屋階へ耳を澄ます。今日も静かだ。ヴィクトリアさんの早朝外出に一度も目を覚ますことができなかった、それが自分でも説明がつかない。昨日彼女に訊いた。あなたはわたしのベッドのそばを通ってドアから出るしかないわよね。どういう風にするの。ヴィクトリアさんは落ち着き払ってわたしを見ていた、ちょっと楽しんでいる風さえ感じられた。時間をかければ姿を見せなくする名人になれます、この姿を消すうちで最高の完璧を期せるのは、たとえば競技場そばのビルに住んでいる、ビル全体がいっぱいの人だけれど、その氏名が呼び鈴プレートのどこにも載っていないときですね。あちこちで警察の手入れがある、それが分かる、そうしてベルが鳴った、まったく体を動かないままにする。息さえ留める、あっさり姿を消せます、あるいは棚に、帽子に、衣装に変身する。運が良ければ足音は遠ざかります、でも地面から消えてしまったようになるまで、さらに長いこと耐えます、飛行機がビルのそばを次の瞬間部屋を抜けるかと思うほど、低空飛行しても、わたしは目でも追わなかったです。

ヴィクトリアさんはさて実際ホテルから、入室お断りのルームプレートを持ち帰った。それをTシャツの下に隠しもち、塔の中に入ってから取り出した。彼女はヘアバンドを解いた、そしてわたしたちは深夜になってから札をドアノブに括りつけた。塔にするりと滑り込むと、ヴィクトリアさんはほっとした感じになり、たいてい眼が笑っている、わたしを丁重に扱いそして奥様《ドンナ》と呼び掛ける時もある、そんな必要はないのに。ヴィクトリアさんが塔で寛いでくればくるほど、ますます自分こそつかの間ここにいるだけと気付く。そのくせ忘れてしまい、ごくわずかに揺れる塔の中でぐっすり寝ついてしまう。不思議だがヴィクトリアさんに対して恐怖心を持たない、今日まで彼女が少しでも危害を加えるかもしれないと思い浮かばなかった。しかしひょっとしてわたしに何か言わくがあるだろうか。なにもありはしない。どうして恐れるの。上の屋階が静かになると、すぐに眠りこんでしまう。そしてブルーレッドの褪せたTシャツの色が今も少し気がかりだとはいえ、もしかするとヴィクトリアさんこそよそ者であることでわたしを庇護してくれると時々思ってしまう。夜に目覚めたりする、わたしたちが一緒に塔にいて黒い宇宙空間をあちこち旋回し、さらに宇宙飛行士が大気圏外で遭遇するあの圧倒的な深紅色の充満する光を遠くから見ているような気がする。朝になれば、ただ波だけが縦材の隙間を通してきらきら光っている。市立公園内や塔のはるか上を滑空しながら、鳥たちは囀り、お互い呼び交わし応えている、慌てない、不安の合図もない、空腹による叫びもない、リラックスし、晴れ晴れとスカイダイビングする。彼らは幸せそうだ。わたしたちは彼らの夢の澱《おり》でしかない。

今朝も屋根裏部屋の窓際に立って、彼方の例のレモンハウスを見遣る。三本の笠松を探す、それはわたしたちを砂漠へ運ぶためにホテルの前で待つ緑のラクダ。でもなぜ細長いバルコニーにあった籐のアームチェアは姿を消したのだろう。入口前の棕櫚が干からび枯れてカサカサいう音が聞こえる、広場の噴水のパチャパチャいう水もほとんどが閉栓されている。市立水道設備竣工に合わせて造成された階段状の水盤、巨大貝殻、ライオンの頭部から、ごく細い水がほんのチョロチョロ流れているだけ。冬が来る。下町の飲食店には待降節の重いリースが掛かって、編み込まれたシナモンスティックの匂いを振り撒いている、もう一度おまえはわたしを抱きしめてくれるね、余すところなく全身を、これでは処刑前のお祭りのようね。そして突然ヴィクトリアさんの黒い目がわたしを見つめる、彼女はわたしたちが部屋に入ろうとしたとき、丁度カーテンを閉めているところだ。彼女は自分のしていることに気付いたに違いない、魅入られたようにこの見知らぬ目がわたしに向けられている。わたしはふとその中を覗いた、わが身を引き裂くほどこの瞬間に満たすもの、情念、深淵、情熱が映っている。ヴィクトリアさんはベッドの掛け布団をすべすべなのに幾度も幾度も撫でている、まるでこうしていれば天国と地獄に、すべての法律違反に、なにかホームレス状態に、しかも彼女自身のそれよりも甘美に加われるような、共謀者的身振りで。

ヴィクトリアさんが初めて塔に現れたときどうして気付かなかったのか。何しろあのころ、暮れ急ぐ冬の午後に、憧れで陰鬱と化したこの目にわたしは付きまとわれた。目は部屋の中、床まで届くカーテンの後ろに、鏡の中に、どこかしら天井に漂っていた。うっとりする再びの触れ合い、再びの出会いの最中に、さながら苦い果実の汁が滴るごとく、もしや取り残されるのではないかとのこの若い女性の予感が沁みる。小さな手の押し跡がわたしの体にまだわずかに照っている、朝の薄明りの慌ただしい出立の時に、激しくいやいやしながらも、子どもはやはりどこまでも優しく、やるせないほど優しく、咽び泣きながらわたしを撫でる、おかっぱ頭のその子は、午後には肘と膝に黒いカバーを着け、インラインスケートに乗り、冬の日向のもと、山腹のひと気のない村じゅうを疾走するだろう。

普段より早い時間にヴィクトリアさんは塔の前に立っている。波止場を遠ざかる集団が幾度も後ろを振り返る。ヴィクトリアさんはかなり疲れ切った様子だ。ポレンタはどうかしら、と訊く。彼女はいらないと手を振って階段に向かう、上の屋階から叫ぶ、わたしのベッドに例の書類が何頁かありますよう！それはわたしにあってはならないことだった。わたしが毎朝彼女のベッドに座っていることをヴィクトリアさんが知ったら！今日そこで塔の記録を読みながら、ヴィクトリアさんにすべてを語るべき是非をあれこれ考えていた。例えば野鳥の捕縛施設の出現についてのさまざまの憶測がある、ある人は最後の疫病ペスト終焉の頃起きた飢饉で説明する、またある人々はむしろ当時の代官屋敷で野鳥射撃会に繰り返し出された禁令で説明する、狩猟のために火器の携帯は確かに許可されていたが、しかし葡萄園と森での発砲は制限つきとなり、特に野鳥射撃会は三月初めから十月末まで厳罰を持って禁止されたに違いない。この公布に聖職者たちは特別な言及を見つけた、すなわちこれらたちがまさに熱狂的に、徒歩や騎馬で、犬やハイタカを連れて野鳥狩りに耽っていたので、それでも狩りを止めない場合、これら聖職者たちから即刻猟銃が取り上げられるべしと書いてあったのである。ここまで読んだわたしは、プラットフォームにがらがらいう怪しい物音を聞きつけ、急遽階下へ降り、わたしのポレンタ容器を救出した、黒の雄猫が悪戯で湖に落とさないうちに。

ヴィクトリアさんはすでにベッドに横になっている。書類のばらばらになった頁はきちんと床に束ねてあった。髪の房が汗で軽く波立って顔に掛かっている、はっきりと疲労が見えるにもかかわらず、訴えるような笑顔を作って、ベッドに座れと誘う。もう鳥の話は終わりですねと言う。まだ明るいのにとこちらは考える。そしてヴィクトリアさんはもう寝にかかる。晩に外出できなくて残念でしょう、と訊く。ヴィクトリアさんの顔の表情は閉じられてしまう。その後興味なさそうに肩をすくめる。わたしってと言う、真夜中以降の外出は全般的禁止で育っていますから。それでどうにかこの埋め合わせを付けようと、わたしは彼女のベッドの端に座り、これは意地悪のおとぎ話なんかではないとばかり、捕鳥者が使う囮の豊富な器具類の話に掛かる。特に凝った作りの鏡について語る、手動で映すまさに優美な品々なのよ。小さな鏡面をモザイク状にはめ込んだ集合鏡は鮮やかな光の反射で、ある種の鳥を誘うし、ゼンマイ仕掛けで動く鏡もあれば、木立の間伐地の適した場所に置かれる鏡もある、囮の笛でね、鳥の声をまねて転調する小さな本物のオルガン装置の笛だってある、それに囮の入っている鳥籠だって、樫やブナの様々の高さの位置に括りつけられる、言ってみれば、ちょうど違う高さまで水を入れたコップを歌わせるみたいなもんだわ、どれも計画的な殺害に違いないけれど、と声を落として終わらせる、なにしろヴィクトリアさんはとっくに寝ていた、わたしの話を子守唄にして。

塔の十二日目

光は日を追うごとに輝きを増し、夏の重苦しさはすっかり退いた。ポレンタ容器でさえも今日その緑が映えている。たった今塔のドアを開けた、この瞬間に母がわたしの中から叫ぶ、あのローテントゥルムの人だわ！あれと同じ緑、だがずっと金属的な緑に、野生の鴨の頭がローテントゥルムの人の腕で仄かに光っていた、それを母はすでに柘植の生け垣の間の庭扉がさっと開く前に、捉えていた。彼女の叫び声には、ラウエルツ産のさくらんぼにその都度歓迎していたときのうっとり感はもう全然なく、ただただ驚愕しかなかった。父はやっぱり今回、素晴らしく分りやすい物質への文字の変換が致命的方向を取ってしまったかとばかり、無言のまま書斎のドアを開けて立っていた。ローテントゥルムの人はすでに玄関ホールに入って、長いブリサーゴ葉巻を口角に銜え、高層湿原で撃ち落とした鴨を母の目の前で揺すってみせた、それが新聞紙にくるまれただけで紙に血が滲んでいるところをみると、感謝の品が狩りから直行したことを物語っていた。葉巻を口角の一方からもう一方ずらしているうちに、細かな灰の雨が死んだ野鴨に降り注いだが、かまわず、ローテントゥルムの人は獲物を母に手渡した、今朝撃ったばかりで、と言った、いつもと同様若鳥で小さすぎではない、ローストは小さすぎるとパサパサになるからね、大きすぎではない、ローストは大きすぎると肉が固くなるからね、一番いいのは今からすぐ、鴨の体に温みが残るうちに毛をむしること、軽くあぶって取ってやるのもいいですな、それから数日間地下室に吊るしておいてください。母は野鴨を血の滲んだ新聞紙ごと調理台の端に置き、父に助けてくれと目で知らせた。野鴨のグリーンの頭は調理台からずれてあちこちに揺れ、首の輪は雪のように白く仄かに光った。父は助けを思い付いたらしい、ローテントゥルムの人に栗を詰めた野鴨の料理法のやや詳しいところを尋ねた、きっと料理に根っからの不器用さを父の顔から読み取ったローテントゥルムの人は、いわば感謝の気持ちの追加に精出して、幾度も披露したことのあるレシピを今また繰り返した。茹でた栗をたっぷりのバターの中で揺すってまぶす、熱湯でゆでた干しブドウとローストしたパン粉と赤ワインを混ぜる、塩とナツメグで香味付けする、全部を鴨の素嚢と腹に詰めてですな、開口部を縫い合わせるんです。その間に母は落ち着きを取り戻した。ローテントゥルムの人をリビングに招き入れ、サイドボードから彼の評価の高い卵入りリキュールを取り出し、熱心に一杯また一杯と勧め、我が家の絶望に気付かぬようにと、明らかにローテントゥルムの人を意識朦朧にさせようとした。最後に彼は腰を挙げ、上機嫌で家を後にし、庭扉の所でもう一度振り返り、母に向かって叫んだ、忘れちゃだめですよ、鴨をローストする前に濡れた木の大槌でしこたま叩くんだからね！

ローテントゥルムの人が行ってしまい、戻ってこないと分ってから一時間後、母はシーツを取り出し広げて、死んだ野鴨の羽をむしらないままその中に包んだ、大きなバッグに詰めるとそれを持って村へ消えた。いつだったかまだ秋のうち、母は肉屋から小さな肉片を持って帰宅した、それはローストした時利き慣れない臭いを放った、その臭いを母は多量の赤ワインと3本の丁子を挿した玉ねぎとレモン片で消そうとした。丸ごと長時間とろ火でグツグツと煮込まれなければならなかった、最後に普段決してしないことだったが、ソースにさらにひと匙のアンチョビーペーストを加えた、そしてわたしたち全員はこのようなときには蓋をした深皿にはポレンタがとり合わせになっていることを承知していた。父は食卓の上席の端に座っていた、彼はまたもや、気分散漫のためよくあったことだが、二枚のシャツを重ね着していた、それが今になって分ったのは、彼が食事のために糊づけしたリネンの上っ張りを脱いだ時だった。母は内心もしかするとすでに、次回にはローテントゥルムの人の背中を押すような請願書を書かないようにさりげない願いを表わしていたらしい、父の重ね着に寛大な微笑で応えた、わたしたち子どもにとっても、措辞の巧みさの結果ゆえに父に文句を言うことはできなかった。黙ったままわたしたちはポレンタを赤茶色のソースに浸した、結局それはおいしかった。わたしはグリーン色にほの光る鴨の頭にはすまないと思った、秋、野鴨が炎色の高層湿原の上空を飛んだとき、日を浴びて光っていたに違いないもの！しかし今頭はどこにもなかった、野鴨はわたしたちにとって小さなローストの肉片に縮んでしまった、そしてわたしたちが感謝の念を感じたのは確かにローテントゥルムの人にではなく、野鴨に対してであった。

ポレンタ容器をひょいと取り上げ塔へ持っていく。母のあのとろっとしたソースをただのひと匙でもポレンタにかけられたら！あるいは鴨のローストまであったら。しかしひょっとすると暮れゆく家の中でテーブルを囲んで座り、以心伝心の仲で、聞きたいことはいくつもあっても、このひそかな一体感に浸っていたいだけなのかもしれない。今日はポレンタを一人で食べたくない。ヴィクトリアさんを説得して一緒に分け合おう。本当にわたしはここ塔でかなり不健康に暮らしているから、ヴィクトリアさんが数房の葡萄や無花果《いちじく》をワシントンホテルから持って来てくれないかしら。塔の規則はひどく魅力的だけれども、それだけそれを破るのは抵抗できないほど刺激的だ。ホテルの庭園の木立が高くなってしまい、最上階の窓の列も、赤レンガ色の屋根も、それどころか人間大に書かれたホテル名すら隠されてしまう、きっと駅からは見えるのか、そんなことあるだろうか？屋根裏部屋の窓からさえワシントンホテルを確認できない。しかしこの町は始終新しい建築ラッシュだから、たぶん最近できた建物が視界を遮っている。この瞬間、アルハンブラにほど近い自由広場に、二つの身振り手振りする人影が塔に近づくところが見える。事務官と建築家じゃないの！素早くホテルのルームナンバーがドアに掛かっていることを確認する、塔の記録文書数枚を掻き集める、そして中階の床に座りこむ。ヴィクトリアさんの不定期な出現によって、観察塔の出来事と林間の空き地と思われるものの出来事の時系列がどれもばらばらになってしまった、さらに気付いたのだが、彼女の最初の頃の無関心さがよく緊張に取って代わられている、わたしは例の説明描写で彼女に接近しすぎた気がし、だとするとある種の塔のデータはそれとなく仄めかすだけにすべきか、あるいは少なくとも先送りするべきかと、気持ちは一層揺らぐ。捕鳥網についてまだ全然話していなかったが、本当に、絞首台で首を括るように鳥が罠で自ら首を吊る、その罠の話もするべきだろうか。狂おしく羽ばたく、パニックになってもがく、糞が飛散する、小さな鳥の目がゆっくりと飛び出す、最後には痙攣すると言うべきなの？そしてしばしば鳥たちは首吊り自殺になるが、正しくは首ではなく、脚でそうなるのであって、その後真っ逆さまにぶらぶら垂れて数時間も苦しんだ挙句、こと切れると？

ドアを叩く音がする。塔のドアをごくわずかだけ開ける。だが事務官は一人だ。見るところお忙しいですね、と小声で言ってプレートを指す。これどこから手に入れましたか。今誰もいません、と応えてプレートをひっくり返す、仕事を楽にしてくれる気のきくビジターたちが大ホテルから来ますから。ところで建築家はどこに滞在していましたか。やっぱりわたしたちを見ましたか！と事務官は叫ぶ、彼がぜひとも塔の訪問をしたがって、やめさせるに苦労しましたよ。自分が塔の復元を思い立ったのはなぜか、そしてまた以前のモデルが思い起こさせた建築の巨匠と捕鳥施設がどれだけ関係しているか、あなたに伝えなければならない、と急に取り憑かれたように言うんです。水上の以前のモデルのことですか、と慎重に尋ねる。ぼくとしては、と事務官は言う、あなたがそれを聞きたかったとは思いません、彼の崇拝するあの建築の巨匠の最も注目されざる要素について、つまりですね、黒と白の対立を解消する床だけでなく、とりわけ柱の配列がもつ潜在的な爆発力についての彼の長広舌ときたら大変なものです。建築家は、あの安らぎ、実に数多く石柱に刻まれたケルビムのあの憂愁なんて、うわべだけだと主張しています。ケルビムたちは疲労困憊した巨鳥のごとく、自然そっくりに模して彫られた翼の腕を垂らし、その下の翼の手もだらり垂らし、時には眠るがごとく翼を畳んでいるものもあるそうです。だがしかしあの建築の巨匠のありとあらゆる嵐のごとき線、ねじれ、カーブの行き着くところが、疲弊したケルビムの翼だとはなんたることか。巨匠はスケッチを大多数焼却してしまったそうです、残る数少ない遺稿のスケッチにもこのケルビムたちが登場するけれども、人間たちが楽園からあまりに多く背を向けたことに顔を強張らせているのだそうです。しかし羽毛の下には相変わらず炎に燃える剣を隠し持って、いざとなれば再び戦い、彼らの翼の荒ぶる音がそのとき世界を駆けめぐるだろう。こう言うと建築家は姿を消しました、と事務官は言う、改めて本物の鳥を正確に模したケルビムの羽を絶賛し、なんと精確に翼肩も翼帯も巨鳥のそれに一致していると言うのです、いやぁ、あなたにはこの話、きっと嫌だったでしょう。

グリーンの足漕ぎボートは一艘も今日水上を動き回っていない。市立公園の、座る人が誰もいない一番外側の円形広場で、二本のオリーヴの木の葉が、風に舞うたびに銀に輝いている。そんなことありません、と言ってホテルのプレートを裏返す、聴きたかったわ。この次には毛布を持って来てくれますか。

塔の十三日目

ヴィクトリアさんと二人一緒のポレンタ食事はなかった。遅くまで起きていて、ヴィクトリアさんが波止場に来る姿を見ようと、中階から屋根裏部屋まで上がったり下りたりしていた。真夜中近く町の通りの往来がやっと静かになったころ、塔の記録を持ってトイレに引き籠り、取り付け金具にろうそくを懸け、そしてその明かりで読書を始めた。わたしはヴィクトリアさんに、霧深い秋早朝の観察塔周辺とその内部の環境についてわずかでも、極力慎重に限る体の動き、足音立てない、無言の合図など、実感させることができただろうか。涙が流れても目を動かしてはいけない！というのが捕鳥者への指令だった。湿った寒気の中での神経の擦り減る待機作業、地平線のただ一点だけを執拗に見つめて首がこわばってくる、それについて話しただろうか。翼の羽ばたきだけで捕鳥者は群れがどこから来たのか、どのくらい長く飛行してきたのかが分かる。雪山と峠を越えたこの辺りでは、まだ大きな統制のとれた鳥の渡りがいくつもある。しかし気が散っていた。ヴィクトリアさんのドアを叩く音かしら、それともプラットフォームを歩く彼女の足音かしらと耳を澄まし、今また中階へ上り、採光スリットを通して覗いた。ついにろうそくを吹き消し屋階へ上った。ヴィクトリアさんのベッドは手つかずで、そこで寝た形跡はなかったようだ。ビニール袋が一つも減っていないと確かめてほっとした。彼女は戻ってくるに違いなかった。改めて階段の踊り場から彼女のベッドを見つめた。それからわたしのベッドを見下ろすと、それは向こうの階下、夜の闇の中にくっきりと浮かび、透けるように床に漂っていた、そしてふと、他人の目でわたし自身の生活を覗きこんでいるよう、というかヴィクトリアさんがいなかったら自分は全然存在しない気がした。

今すでに目が覚めている、ようやく市立公園からごくかすかな、静けさを食むような鳥の囀りがわたしところに届いたけれど。屋階へ耳を澄ます。物音がまったくしない。階段を駆け上がる、山の端の向こうはもう曙が燃えている。ヴィクトリアさんのベッドは空だ。いい知れぬ不安に襲われる。もう寝ていられない！屋根裏部屋の窓シャッターを後ろへ押して開け、身を乗り出す。実際塔の中の寒気でぞくぞくしたのは一昨日か。生温かい外気の波が体に触れる、秋に先立って突然戻る暖気の予感だ、もう一度天空は白い星々に満たされる、まるで六月の夜の終わり時のように。朝が来た。滴る露、森の芽吹く緑、ニセアカシアの泡立ちは本当にやっと夏の到来を告げる。遠い地平線上の高い丘の円い頂に、おかっぱ頭の女の子が塔のドア敷居に座っている。しかし今は髪がほとんど腰丈まで伸びている、そしてしばらくして、六月の風にそよぐ丈高い草にその子が横たわると、髪の毛も一緒に流れる。女の子は自分の嫌いな登山靴を履いていた、もっと嫌いな早起きをしていた。しかしあたしはお母さんに、めす狐め、勝った勝った、お母さんはあたしと一緒に、知らない男の人と一緒でなくて、あたしと二人だけで早朝にお出かけしたのよ。最後の険しい高台だって先に越えてしまい、小人《コボルト》みたいにひざ丈に花咲く草の間から待ち伏せする、それから塔のドア敷居を独り占めする、それは北面が湾曲する塔。猛々しいブナの木がみっしりと塔の周りに茂り、そして枝分かれしたところはざわざわいう翼みたいに、ブナの木陰にいれば大丈夫、追跡もされないし根こそぎにもされない、安心だもの。眼下の谷間の家々の屋根は朝日に輝き、黄金虫は香る草の中からブンブン飛び出す。母親はしかし塔のやや下にある丘の円い頂の林間の空き地に、不慣れな人の目にはほとんど見えない二列の木立の円陣を見つけだす、木の葉の回廊の中は甘い欺きと嘘に満ち、そして世界じゅうの森で、聞き逃しようもなく、苦しめられる鳥たちの悲鳴が膨れ上がる。子どもは母親を喜ばそうと変な顔をする、その後ペタンと丈高い円錐花序の草とチャービルの灌木の間に自分から倒れ込む。しかし急に半ば体を起こして首を回し、目を母親に真剣にひたと向ける。その子に母親の出立、内心の叫び声が聞こえるだろうか。いったいもうこれしかないものか。後へは戻れない、逃れもできない、恋の王道をひた走り。

ポレンタを入れるプラスチック容器がまだドアの前に置かれていない。市職員に塔まで付き添われたとき、当局からはっきりと、あなたの監視は決して尾行ではないと請け合われた。そんなことはご免蒙ります！と激して叫んだわたしに向かって、事務官は、今思い出してみれば、その通りだと認める視線を寄越した。最初の日から監視なぞ気にかけまいと心に誓った。市当局はおまけに監視を散発的にするだけと言っておきながら、わたしが毎日やってくるポレンタに頼っているのだから、それはかなりおかしい。ヴィクトリアさんがいる限り、監視を忘れていられる。しかし今日はどうかしら。ヴィクトリアさんはいったいどこに行っているの。わたしは塔のビジターに対して絶対の無関心を貫くよう促された。その間にも波止場のバーは店を開け、交通は騒がしくなる、せめて向こうの市の公園へ歩いて行けたらと思う。巨大な泰山木の輝く濃緑色の葉に、葉裏の赤さび色の綿毛に触るためではなく、むしろ公園の奥へ進む、そしてついにあの奇形の木のところまで行けたらな、疲れた爬虫類のごとく、ごくわずか地面の上をのろのろ這い、二本の留め杭に支えられるしかない、あの奇形の木。目を瞑《つむ》り、硬い鱗と板状のものに覆われる干からびた樹皮に頭を置く、それはここに迷い込んだわたしのイグアナ、水中に潜る道を見つけられないわたしの海イグアナ。いちどきに何もかも失われる。黒の雄猫さえも振り向かない。何という一日になるのだろう。

塔の十四日目

早朝、塔のドアを叩く大きな音がする、まるで誰かが切羽詰まってわたしを呼んでいるというか、わたしが自分に迎えに来られたような気がする。落ち着かなくて起き上がった。辺りはまだ暗く、塔の前に誰もいなかった。今からまた眠る気はしない。屋階に聞き耳を立てなくとも、ヴィクトリアさんが昨夜も戻らなったことは知れている。ほとんど聞き取れないほどの寝息すら立てない彼女の眠り方はこれとは違う。ただもう一度邪魔されずにこの世界に沈潜したいと思っていたのはわたしではなかったか。しかしヴィクトリアさんがいないとすでに塔は、孤独な丘陵の頂で朽ちるあの観察塔たちに漂う荒涼感をいくばくか発散している、あの観察塔のうち、あるものは自動車専用道路のインターチェンジに草の小島の廃墟として生き残り、またあるものは密集する森林の中でついには土壁へと変わり果てる、だからそこへほんの束の間でも、光線の帯が葉の茂みを通して差し込むと、ひとはまるで処刑場に足を踏み入れた気がして、戦慄が走る。

だがなぜだろうか、わたしは屋根裏部屋を取り戻せない。ヴィクトリアさんのビニール袋を見て安心する。それらはベッド周りに順番を変えずに置かれたままだ。しかしヴィクトリアさんが持ち物を決して荷造りせずに、ほっぽり出したままにする事実から、やはり逆に仮の感じ、いつでも旅立ちかねない印象がする。それと同じように屋根裏部屋の薄暗闇の中に、わたしの家族のスーツケースは、半ば眠りながら呼べばいつどこへでも旅立てるように、無造作に置かれていた。垂木からぶら下がる枝《えだ》の主日《しゅじつ》（訳注：キリスト教の移動祝日。復活祭一週間前の日曜日にあたる）の枝や母の舞踏会用夜会服の詰まる戸棚の他に、そもそも屋根裏部屋にこの積み上げられたスーツケース以外に何かあっただろうか。いや、家族が旅行したと思われるスーツケース以外何もなかった。さまざまなモードと時代のスーツケース、長持ち型の海外用スーツケース、重いベルトのついたさまざまな大きさのスーツケース、わたしの遊び友達と言えばピカピカのバネ錠のついた小さな革のスーツケースだった。へりには白で刺し縫いがされ、スーツケースの上蓋には、いつも少しばかりわたしの土地感をどぎまぎさせたラベルが貼ってあった。日没の灼熱色に海辺の町の丸屋根や塔が煌めき、水辺の前方には近東風の宮殿があり、その横には千夜一夜のような高いほっそりした塔が、上空の積雲の中にベルリン・ベニスホテルが立っていた。しかしいったい何がどこにあったろう。それはわたしが敢えて開けた唯一のスーツケースだった、二つの錠がシンコペーションのようにずれてパッと開いて、まだ不気味に屋根裏部屋に反響していたけれども、とても小さかったので、何か巨大な干からびた動物がその中に横たわることは到底できなかった。スーツケースの蓋を持ち上げることは、まるでわたしの母の寝室の縮小モデルへ入るような気がした。母のカーテンと同じ褪せたサーモンピンク色がスーツケースの内部を飾り、スナップつきの畳んだ生地が幾つもの小さい仕切りを作っていた。黄色に変色した薄葉紙がスーツケースの内部でかさこそいい、蓋を抑えていた細い革紐が低いうめき声を挙げた。そのほかになにもなかった。なにかがわたしの目を逃れた、秘密の物言わぬ物語でもあったろうか、そしてわたしの心に遥かな土地への憧れが燃え立った。しかしその逃げて行ったものをどこまで追って旅したらよいものか。行先はベニスだろうかそれともベルリンだろうか。

屋根裏部屋にはもう一つだけ、わたしが怖がらずに開けたスーツケースのような形のものがあった。それはむしろ太鼓《ドラム》に似ていて、父の黒の婚礼用山高帽を入れていた。指の爪を立てて、弧を描いたつばを縁取る畝織リボンの上を滑らせると、メロディックにブーンブーンと音を立てた。クラウンの内側には商標ボレアールと金文字で彫られた革紐が施されていた、商標ボレアールは、さらに頭に密着する裏地、まるで母の花嫁衣装から借りてきたようなその白い裏地にも書かれていた。しかし父がこの山高帽をむろん被っていたことは汗染みで知れたが、自分がどうしてもきちんと頭に被れなかったことに苛立った。たしかに父は大柄で、その細い長い頭部は目立ち、表情の多い唇は、と母は言った、フレンチホルンを吹くからなのよ、しかし父の手は、これまた母の断言では、女性の手だった。だが山高帽のサイズがどうしてかわたしに合わなかった、どうして。おまえは考えられないほど利かん気だねえ、家族全員の主張はたぶん本当かもしれないと、面白くない予感が忍び寄った。だとしても婚礼写真のどの一枚にも父が山高帽を被らず、いつも左手に白手袋と一緒に持っていた事実で苛立ちをしずめた、そうだ、山高帽は父のサイズにも合っていないかしれない、それとももしかすると父のヤマゲラへの変身が始まっていたのかもしれない。

塔の前で騒ぎが起きている。興奮した声、ああだこうだ言う声、せっかちにドアを叩く音。わたしは屋根裏部屋に止まって動かないよう、目を瞬くこともしないようにする。この塔が水上にせめてこれほど剥きだしに建っていなければよいのに。建物が自然にそれからそれへと占拠されて、葡萄の葉や藤の花が外壁を覆うとか、窓シャッターの間に薔薇の実が入り込めば、その分寛げるのに。この塔はしかし裸もいいところだ。しばしば恐れるのは、何か光線の具合で塔が透明になり、レントゲン写真を見るようにヴィクトリアさんとわたしだけが塔にいることが知れてしまうことだ。そのうちにやっと人声が遠ざかる。軽い一陣の風が北から吹いて来る。プラットフォームが揺れる。この筏が岸辺から離れたらなあ。寛いだ気分になるかしら。住める四角形が水上にあればそれで十分。

またドアを叩く音にぎょっとする。今度はしかし遠慮がちだがしつこい。そして知る声だ。実際また事務官なのだろうか。交換の洗濯物をなにげなく出そう、がそれにしても来るのがやや頻繁だ。わたしの監視人なのだろうか、初めて疑念がわく。努めて冷静に開ける。事務官はわたしを認めるや頭を叩く。ウール毛布です。と叫ぶ、ウール毛布をどうして忘れたりするもんですか。それならここにあるわと思う、始終彼はここに来る理由を見つける、どう見ても監視人にちがいない。丁寧に洗濯物の包みを受け取るが、そうしながらちょっと屈んで差してあるペパーミントの束を嗅ぐ。事務官は汚れた洗濯物を小脇に抱え、わたしはさよならを言うために立ち上がる。本当に残念ですが電気のない塔の中におられるんです、つまりパソコンは使えません、と事務官は言って健康状態をチェックするようにわたしをちらっと見る、だが市役所の地下室にはまだ小さな旅行用タイプライタがあります、もしあなたが場合によっては、結構です、要りませんとわたしは遮る、ビジターのことにすっかり専念していますから。お分かりにならないでしょうが、それではっとしました！と事務官は嬉しそうに言う、われわれ市職員は湖の汚染と闘う仕事があります。波止場から水中へ捨てられるごみは言うまでもありませんが、しかしそれに加え、始終この町の丘陵で遅撒きながら新規まき直しを図ろうとする人たちを相手にしなければなりません、彼らときたら、しかもですよ、じきに自分の決心のいい加減さに気づいて、かっとなって夜ボートを手に入れ、寝室家具の半分を壊し、ナイトテーブルランプ、それに壊した絵までも一緒に湖に沈めるんです。市役所はあなたが小さな旅行用タイプライタをいつか塔から投げ捨てると思う必要があったりするでしょうか。油絵となると、と事務官は言う、少なくとも数年で油が溶けだします、しかしあなたがもしいつかナイフで引っ掻いたり切り刻んだりしたポートレートを湖底に見つけたらどうなります。そのポートレート写真の目に夜何度も見つめられますね、と事務官に応える、湖が鏡のように滑らかであればある程、埋める危険はより大きいです。考えてみてください、尾根の間のあの支流の穏やかで仄かな光、キラッと光る湾の平和、まったく引き潮も満ち潮もない。しかしそれが夜になるとタールに黒く汚れたポートレート写真が本物の溺死者と一緒に浮き上がる、みんな我が町の人目につかない住民や行方不明者です、そしてとうに巨大な墓場と化している地中海から難民の死体が川や水路を通って我が町まで流れてきます、あちこちで死体は堰に引っ掛かり、すでに堰には油が貼りついた水鳥が詰まっているのです、それは全部油膜で窒息しぶつかり合って塊りになっている鳥の群れなのです。小型の旅行用タイプライタは要りませんか。事務官は大声で言うと、足早にもうプラットフォームの端まで行っている、いやまずエスプレッソをお持ちしましょう。

事務官がとっくに市役所に戻ってしまってから、彼にワシントンホテルのことを聴きたかったことを思い出す。プラットフォームに出て、町の家々の向こうに人間大のホテル名を探す。しかし太陽は沈みかけ、燃える靄が空気中に掛かっている。すべてのシルエットはより柔らかにより重さをなくし、ほとんど透けている。町の一部分は陰に入り、他は最後の輝きを留めている。ほんのわずかな風音も今は聞こえない。何もかもが息を殺している。町に背を向けた塔の側に腰をおろす、プラットフォームはまだ暖気を放射している。ヴィクトリアさんが今日も来ない予感がし、目を瞑《つむ》りそして時々開ける、周囲の空気の温かさが冷めてゆく。眠ってしまったらしい。目覚めると、すぐそばにわたしと同じく体を投げ出した黒の雄猫が横にいる。目を瞑り猫の毛を撫でる、猫は初めてされるままになっている。そしてしだいに舌の奥からあの初めほとんど聞き取れないが、それから次第に強く同意のゴロゴロ音が、リズミカルに絶えず発される、そしてまるでこの音が急に聞え出した地球の自転のような気がして、その揺らぎに身を任せる。その後しばらくして夕闇が忍びより、わたしは目を開け、しぶとく傍らで休む猫の目をしかと覗く。猫の瞳孔は今ほとんど目いっぱいに開かれている、この深淵、漆黒の、問わず答えず、ついに集中して悲痛ぎりぎりの。

塔の十五日目

眠りの中で叫んだ、獣が刺し殺される時のような吼え声を挙げたに違いない。塔はまだわたしの叫び声に満ちている。再び官庁のデスクに着いていた、自分の町で突如よそ者となって。こちらが提示する事実はすべて沈黙に突き当たる。病気、中毒、暴力と説明するすべてが無理解の壁に当たり跳ね返る。子供の存在も自分の存在の危機もなんら重視されない。理路整然と述べなければならないと思う、決して声を張り上げない、冷静に事実を述べるのだ。そうしても無駄だった。頭うなだれついにデスクに突っ伏してしまう。この傷ついた体に憧れの嵐を封じ込めたわたし、我が人生の最も恐ろしい愛を兄弟のように引き受けたわたし、それ以外の選択が許されないと言うのだろうか。わたしに残された唯一のもの、人と呼ばれるにふさわしい最後のもの、選択の自由が認められない。それで死と誕生の出来事にあるような、わたしのなかから獰猛な勢いで何かが飛び出て抗う。今や完全にわたしの外に出てしまったなにか、叫びでしかないなにか、それはすべてを引きちぎる咆哮で、その反響が執務室から廊下まで突き抜ける。人々の驚愕というよりは嫌悪に満ちた視線にわたしは釘づけになる。引き立てられそうになる。だがふっと穏やかに立ちあがれて、同行をすべて断る。ひとりわたしは、驚いてじろじろ見るアフリカ人女性、南米人女性、タミル人女性に溢れかえる待合室を通りぬけて行く、彼女たちからは知らない者でもこちらからは親近感をもって。

中階はまだ暗い。何も考えないでいたいときにはここまで上って白木の床に座る。採光スリットの向こうで木の葉が空中を旋回する、銃眼でもあったのかしら。やはり小さな木の葉で、たぶん白樺の葉かそれともポプラの種子かもしれない、それらは斜めに飛び、それどころか軽い上昇旋回をしつつ、今日の淡いブルーの朝空を抜けてゆく。立ち上がって、屋敷の銅製小塔を覆い隠す泰山木へ目を転じる。この瞬間、ヴィクトリアさんが椰子林に、公園の入り口付近に姿を消すところを見た。間違いない、彼女のパープル色のTシャツ、項で束ねた髪。すぐに椰子林の向こうから現れるに違いない、泰山木の近くを通って笠松林へ行くのかしら。彼女の再出現に電撃を受け、その一撃で現実に連れ戻される。ともかくヴィクトリアさんが全然出てこない。椰子林でいったい何しているの。この場所に注目する人は少ない、ここの低木の椰子はびっしり並んで生え、しかも完全な円をなすので、晴れていても中は鬱蒼として森にいる感じ。熱い夏日に涼もうと幾度かそこに入ったことがある、いつ行っても魔法に掛けられた場所に思えた。椰子の幹はもじゃもじゃの毛が生え、瘤と傷だらけで、繊維状の毛を小さな束状に突き出す幹もあり、まるでここに来た人は木ではなく原始人に取り囲まれた気がする。しかしそれにしてもヴィクトリアさんはどこに行ったの。そもそも何のせいでしかも朝ここ波止場にいるのだろうか。ワシントンホテルのフルーツのことはこれでは諦めがつく。

初めて食欲が出て、真空密閉のブリオッシュを開封する、それからわたしの読書室、そうトイレへ記録資料を数枚持ち込む。目前のわくわくする喜びを隠せないけれども、ヴィクトリアさんがいなくてもむろん寂しくなかったような顔をして出迎えよう。まず塔生活の描写を幾分整理しなければならない。そう言えば木の回廊についてやはり全然話していなかった！しかしヴィクトリアさんがまた戻って来るから、今晩捕鳥ネットについて述べるのがいい、木の回廊に吊るすこの網は絹か木綿製、丈は三メートルか四メートル半、網の幅はいろいろ、あらゆる種類の鳥の確実な絶命のために考案された寸法、真鶸《まひわ》、灰色鶲《はいいろひたき》用の小さい網目、ズアオアトリ、河原鶸《かわらひわ》、五色鶸《ごしきひわ》用の比較的大きな網目、それからクロウタドリ、雲雀、鴫《しめ》用の特別網目。鳥を縊死させるその他の網は木の回廊の外側に固定させる、しかも捕鳥ネットを大体一直線に張り、森のはずれに沿ってあるいは葡萄の木の列に並行して固定させる。これに関連しもう一度装置全体にとっての柏やブナの特性を強調する必要がある、なぜならこの木々は落葉が遅く、捕鳥者には捕鳥ネットがいわば落葉の吹き溜まりにならないで済む。夜明け前に木の葉を拾い集めるとしたら、それは我慢の試練、とくに北風が続けば徒労としか言いようがない。

こともあろうに、今ヴィクトリアさんを待っているとき、事務官が波止場沿いに、ウール毛布を小脇に抱えてやって来た。もう暫くヴィクトリアさんが現れませんように。事務官をプラットフォームまで迎えに出れば、この場面を彼女は椰子林から見落とさないだろう。わたしのために余計に職場を離れてしまわないでください、と軽くからかって事務官に言う、そんなに業務を増やしていただきたくないわ。事務官は見つめる、悲しそうな驚きの顔。ぼくを見くびっています、あなたにこのウール毛布を届けるのはぼくの特権です。この街に来たとき、決して事務官職を望んでいませんでした、もっとつまらない仕事が頭に浮かんでいました。例えば、以前シーズン前に大ホテルで行われていた清掃チームに入れたらと思ってました。宴会場の床につや出し剤をどう按配するかを考えると気持ちがいいだろう。八、九人の人員が膝を突いて、一列になって前進しながら、調子よく同じ腕の動きをする、五キロの床ワックスが瞬く間になくなる、そしてワックスと一緒に過去の夜会のシャンパンのしみもダンスステップのヒールの跡もなくなるというわけです、そして床磨きが終われば、広間の床は春の朝の湖面のごとく燦然と輝く。しかしもっとも今では機械ですまされますが。その代わり市役所の管理部は土地台帳関係の経験をとても買ってくれました、いつの間にかぼくはどっちみち事務官よりも昆虫弁護士として知られています。

ちらっとだが、ヴィクトリアさんのパープル色のTシャツを見た気がする。しかしもしかすると思い違いかもしれない。それに事務官からほとんど目をそらせられない。何かのせいで惹きつけられてしまう。違う、服をかまわないからではない、癖毛の髪だからでもない、そばかすでもなく、落ち着かない目のせいでもない。むしろ内から輝きだす、くっきりしている輪郭だ。なぜ彼にそんな力を与えてしまったのだろうか。彼は自由に行使していなかったその力を、もしかするとわたしに見とめて同じく自分にもあったのか、と驚いたのかもしれない。この抗しがたい引力、この情熱、このどうしようもないもの、わたしたちがともに持っていたが、それによってまたわたしたちはまた流星の如くお互いすれ違ってしまった。

彼の視線にかつてしばしばあった熱っぽさを探す。しかしなぜだろうか。彼を見つめるのは、まるで初めて会ったように辛くなる。わたしたちはふたり、今朝筏の上に立っている、これが湖岸にしっかりと錨を下ろしている風でなく、むしろまるで筏が川を流れに沿ってどこか、幽霊の婚礼へ、遠いアジアの平地へと浮遊するふうだ。事務官は何か喋ったのかしら。もしかすると昆虫弁護士としての適性を繰り返したのかもしれない。わたしはウール毛布を抱きしめる。ぼくをあなたに逆行する敵と見ていますかと事務官は訊く。いいえ、と言って塔に振り返る、逆光に入るものがいろいろあるでしょ、それを見ようとしているだけ。

かなり時間をかけて、ヴィクトリアさんのためにウール毛布を敷く。一旦畳んで彼女のベッドに載せるが、それからウール毛布でベッド全面を覆ったり、それをロール巻きにしたりする、結局それも驚いてもらいたいから。とうとうヴィクトリアさんがプラットフォームに上がってくるのが聞える。間違いない、彼女の足音だ!すぐに駆け下りるのは我慢しなければ。ところがドアを開けるや挨拶もなしに言ってしまう、椰子林で何していたの。ヴィクトリアさんは呆気にとられたらしい。何も言わずに中に入る。遅くなってすみませんと階段で言いながら、もう中階の床に腰を下ろしている。くたびれ切った印象で、口角に口紅の跡がある。

もしかして椰子林で夜明かしをしたの。ヴィクトリアさんは塔での勝手をまた思い出したようにわたしを見つめる。椰子林をご存知ですよね、と彼女は言う、誰にも気づかれないといつも思っていました。わたしの避難所です、毛羽立った幹がお祖母さんの山羊みたいなんです。それからヴィクトリアさんは俄然雄弁になって、まるでわたしの他の問いかけを一切逸らしたいとばかり、高地のお祖母さんのあの二頭の山羊《やぎ》について語り出す。お祖母さんは誰も扱いに困っていた二頭の山羊を、ただ同然で市場で買ったんです。直感的に山羊の人懐っこい、好奇心の強い性質に気付いたんですね、二頭はもうそう若くはないし、すでに固い顎《あご》髭《ひげ》と厚いもじゃもじゃの毛皮をしていたんですけど。でも山羊ときたら高地の景色とは対照的に、むしろ怠惰で頑固で、年寄りになっても人をからかうようなところがあったんです、そしてお祖父さんがもうお弔いの演奏をしなくなったとき、山羊たちはお祖母さんのベッドのそばの壁に体を押しつけて眠ったんです。わたしはお祖母さんのベッドにもぐりこむ前に、指を曲げて山羊の毛を掻くように撫でながら、あちこちごわごわする長毛に顔を押しつけて、よくうとうとした、と言う。その二頭の山羊ときたら高地で見た最も奇妙なものと言えた、それに子たちの派手な赤色の服、そして火傷で炎症を起こしたようなほっぺたとひび割れた唇もそうだったけれども、それでも子たちは何か愉快なことがあるとよく声を上げて笑ったんです、それでなぜお父さんがこの高地を出て町へ移ったのか、よく理解できなかった。しかし今ならもしかすると理解できるかもしれない、ヴィクトリアさんは不意にそう言うと、挑むようにわたしを見つめる、なぜわたしがここに来たと思います？

まだ暗くなる前にポレンタ容器と使い捨てカトラリーを中階へ運ぶ。今日は一緒に食べるわよね、とヴィクトリアさんに言う。ヴィクトリアさんは確かにいやとは言わないが、ただわたしがグリーンのプラスチック容器を開けるところを疑わし気にじっと見る。小さな蒸気の雫が蓋からぽたぽた垂れる、ヴィクトリアさんはわたしがもう全く注視していない、ポレンタの中にフォークで引かれた波型模様に、身を乗り出す。ところがなんとなくその様子は吹っ切れたという感じで、わたしが塔の逗留以来逃しているメッセージを彼女は解読できたみたいだ。二口ポレンタを食べた後ヴィクトリアさんは言う、鳥の話を続けるつもりはないんですか。あしたにしましょ！とわたしは上機嫌で叫ぶ、あさってかな！山の端にわずかな光の縁も見せずに、またたく間に夕闇が迫る、この具合では夜雨が来そうだ。見ているとヴィクトリアさんはもう空腹を隠さずポレンタを食べている。ほとんど明るさもない中階で、彼女のTシャツの褪せた赤紫色は時の奈落の底で失われた色の感じだ。ヴィクトリアさんが黙々と食事を続けるうちに、一台のヘリコプターがわたしたちの頭上を低空飛行でダッダッダと音立てる。ほんの数瞬間、明滅するサーチライトが採光スリットを通って降下する、しかしそのとき彼女の胸のあたりの赤紫色の斑が突如濃さを増して、まるで血、絶えず流れる生血がTシャツに染み出すようで、ちょうど処罰されていない犯罪の物語の中の、すでに塞がっていた傷口が再び出血し始めるようだ。しかしその後わたしは幸せな気分でベッドに入りながら、ヴィクトリアさんは大丈夫また屋根裏部屋で眠っているんだもの！わたしたちは一緒に夜通し漂い、あの巨大睡蓮の葉に乗ってアマゾン川を下ろう！とそれでも、なぜだろう？もう半ば眠りながらふと思う、わたしの受難週が始まったと。

塔の十六日目

五時半過ぎに目覚め、ベッドから跳び起き、階段の第一段目から上の天窓まで目を遣る。ヴィクトリアさんはもう出かけたに違いない。わたしたちが夕暮れ以降は沈黙厳守という塔の規則を次第に守らなくなっても、ヴィクトリアさんは常に早朝起床を続けていた。そのとき彼女に塔内の捕縛準備作業について具体的イメージを喚起させるべきだったろうが、ヴィクトリアさんはとっくに町に消えていた。今日の彼女は屋根裏部屋の窓シャッターを少し押し開けていた、それで差し込む曙の薄明かりに、ベッド脇の床に半量残ったコカコーラのビンが置かれている。一口飲む誘惑をやっとこらえる、ヴィクトリアさんが戻ってくる保証だから！その代わりビンをしっかり揺すって、蓋を開け、耳に当てる、子供の頃のグレープフルーツ飲料、あの頃は緑の地に赤い鸚鵡《おうむ》のラベルつきで、エキゾチックを売り物に市場に出回ったペピータのビン。ペピータは踊り子の名前で驚くほどたくさんの炭酸を含んでいた。ちょっと揺すれば十分だった、ややミルクがかった薄緑色の液体が泡立った。開けたビンにしばらく耳を当ててピチピチと引く潮の音に耳傾けた、遠くの荒波が聞こえそう。逆巻く大浪の向こうの緑の椰子の森からあのオウムが飛来し、赤い尾羽を振り、そしてギャアギャア啼いて、未知の大陸を伝えた。刑務所の受刑者たちがうちに新しい薪を持ってくるときはいつも、母は朝からペピータを二本用意した。薪を刑務所から購入すること自体はわたしに薄気味悪くなかったが、母はそれをまるで祭りの趣向変えのように浮き浮きと待つ様子だった。いずれにしてもいつも母の後をついて中庭に入って行けるようにしていた、一つには好奇心から、もう一つはもし必要とあらば、母を守るために。アプローチにある日本の桜の木の下をトラックが猛スピードで中庭に進入した、そしてガタガタいわせながら積み荷を下ろした。母は受刑者たちを楽しそうに迎え、すぐに彼らとの会話に引き込まれた、一方わたしは懸命に彼らの身振り手振りを研究し、そこから彼らの過去の犯罪を探ろうとした。そのうちにトラックの積み荷装置はまたパタンと上に上げられてしまった。母はペピータを注いで回った、刑務所の受刑者たちはどうも庭の塀の上で休憩を取ったらしい、男たちの一人が気を利かせて薪並べを始めようとしたが、母は、これはうちのお気に入りの仕事ですから！とはっきりと断ってわたしを指差した。男たちはわたしに向かって笑い声を立て、そしてわたしにペピータを飲ませてくれた、炭酸はピチピチと音を立て、ラベルの椰子の森はざわざわいった、そして自分は頭の巡りが悪いなと実感した、というのも庭の塀の上の受刑者たちにぴったり合う犯罪がどうしても思い浮かばなかったから。

母は少し独特な時間の観念を持っていて、特に時々料理を忘れてしまうことになったが、特定の用事には驚くべき計画性を発揮した。例えば毎年庭に詳細な植え代え計画を立てて特別の厚紙に記録した。到着したばかりの薪についても母は詳しい処置を定めていた。薪は無選別に重ねられてはいけない、種類と状態によってそれぞれ選別された間仕切りができなければならなかった、そしてわたしは熱心にこのお達しに従っていたが、そのお蔭で小さくて温かい毛皮の動物たちとの、父は顔を出してはならなかった隠れん坊も可能にしてくれた。たちまちに暮れる秋の日に母とわたしは、ふたりとも古い革手袋をはめ、正確な薪の積み上げ作業に我を忘れた。薄暗い中庭に通じるアーチ型戸口は大きく開き、地下室では弱い電球が一灯だけ点いていた。一方夜ご飯はまたもや忘れられたままだった。さてうちにも近代的なセントラルヒーティングが取り付けられていたが、母が薪並べ仕事も終わって石炭ストーブにあたってほっとした後、翌る朝、意識朦朧、体を火照らせ、唇もからからで目覚めようとは、わたしたちのどちらも思いもよらなかった、まるで一晩で新時代に放り出されたようなショックだった。地下室通路にはチェストがあり、父の記事が印刷された新聞紙、ただ火にくべられる旅路を待つ新聞紙をくしゃくしゃに丸めては、そこに溢れ出るまで詰め込んでいた、しかしそれも今は昔、空っぽだった。わたしたちみんなを元気にする循環、文字が家中に染み渡る温かさに化ける転換は途絶えていた。古新聞は今やトラックが取りに来た、そしてさらに数年間、わたしたちは降雪や暴風雨時、紐で縛った新聞の束を道端から取り戻すことになった、父の記事が濡れてどろんこになるさまを見ていられなかったから。

夜を通して雨は降らなかった。ただほんのわずか涼しくなった。屋根裏部屋の窓に凭れる。ヴィクトリアさんが戻っているのだ！市立公園の楓の黄色は燃え出し、枝は湖中深く枝垂れ、漣は楓の葉を舐めていた。今わたしのレモンハウスが日光の中光っている。ヴィクトリアさんが姿を消してから、もはやわたしはあそこで送った時間をあえて思い出すことをやめた。向こう岸の湖岸遊歩道の先端にある、焼失したグランドホテルはもと修道院だった、そしてその豪華さが修道院の構造を覆い隠していたが、それに比べ黄色のホテルは初冬のわたしたちの森の逍遥をまた、修道院小房を両側にもつ厳しい一直線の続き廊下に連れ戻した。なんという黙想《エクセルツィティエン》だったろうか。しかし目覚めたとき、わたしたちは自分たちがどこにいるのかもはや分らなかった。町の上空をそれとも人里離れた谷の夕靄の上空を闇が覆ったのか。

一緒に眠りこむこと、すでに寒風掠める草原の窪地のどこかで、その日最後の温もりの中でそれと気付かずに眠りこむこと、お互いと辺りの暮れゆく世界とを限りなく信頼しながら。意識してわたしたちはそれ以上互いに近しくならなかった。

たった今誰かが大声で塔の前で叫んだ、スペイン語だ、プラットフォームに足音が聞こえたが、ドアを叩く音はなし。だれも波止場を遠ざかる姿が見えない。ヴィクトリアさんが捜索されているのだろうか。プラタナスの下に人っ子ひとりいない。新聞を読む男たちは姿を消した、アイスクリーム売りのスタンドは閉まっている。町の中心部だけが活気を呈して、向こうのアルハンブラは活発な人の行き来が始まった。最もせわしない歩き方さえもあそこではぶらぶら歩きに化してしまう。アーケードのリズム、大きく弧を描いたカーブ、そのせいなのだろうか。朝の雑然とした思考はアルハンブラを歩くうちに不意に明快になる。それに対し晩方のアーケードは一日を長くする、ほかの場所と違い、ここの酒場に入ると帰る気も失せてついつい長居してしまう。もっともかつての絹織物工場の空間には今や倉庫やアパートが建造されている、そして絹織物製造も停止後しばらくは、謝肉祭のリゾット宴会がそこで催され、蒸気こもる窓ガラスの奥に仮装した人たちが低いホールをはしゃぎ回っていたことは、知る人ぞ知るのみ、それにもかかわらず、アルハンブラは今も何か共同体的な雰囲気を醸し出している、円柱の奥、三分の一だけ下ろしたレースカーテンが涼風を受けて膨れ上がる。ちょうど隅柱の向こうに例の黒いコートを着た建築家の姿が見える。奇妙にも今日のわたしは落ち着いていられる。

午後遅くまで塔資料をパラパラめくっていた。しかしさまざまな出来事は整理しようとすればするほど、ますます錯綜しつつヴィクトリアさんと結びつく。彼女が塔に戻ったことは慰めなのか悲惨なのか。改めて失踪がわたしの身に迫っているのだろうか。まるで自分が彼女に掛かり合うことで、漸く鳥たちの渡りの不安を体験する気がする。しかし彼女の来た後に優れた心の平静さを、塔の規則が求める注意深い無関心を取り戻さなければならない。こう考えると急にひどい疲労感に襲われて、明るい昼間でもベッドで眠ってしまったに違いない。夢のなかで血のついた長い紐が、まるで紫紅の花豌豆《はなえんどう》をどこまでも並べたように、どんどん口の中から出てくる。ますます猛スピードで血の紐は喉から空中に投げ出され、えんどうの莢がぱちんと割れる、中で瞬間無数の血の蕾が開く、あっと驚くと同時にうっとりして絶えざる破裂を追い掛ける。まだ夢見ながらも、ヴィクトリアさんが入ってきた感じがする。

それからまるで幻のように、彼女がそばを通り過ぎ階段へ行く姿を見る。こういう風に音を立てずに毎朝塔を出てゆくんだなと思う。上から階段にかかる最後の薄明りに、かろうじて彼女のスニーカーが見えたとき、辺りに聞こえるように言う、アマゾン川の睡蓮はどんな具合なの、そしてあなたのお父さんはどうしてあなたの名前をヴィクトリアにしたかったの。スニーカーはしばらくその場から動かない。それからヴィクトリアさんはわたしの方へ頭を屈める、髪の房がばっさりと顔に掛かる、ゴムバンドを解いていたに違いない、そして言う、本当にそれを知りたいんですか。

塔の十七日目

わたしの父は、とヴィクトリアさんは昨日階段の真ん中に座ったなり語った、ほとんど家にいませんでした。帰るときも出掛けるときも、帰ったよ、行ってくるよの挨拶もなしでした。しばしば数週間高原に姿を消しました、もっとも父さんがお祖母さんの山羊の匂いをさせていたからそう思っただけだったけれど。ともかく母さんはレコード店を屋根のない自分の家で開こうと考えていたんです、大雨が降ると何もかも、服もベッドもごみの山で見つけたソファもずぶ濡れですから、地下室の店部分の音楽レコードだけはすべて念入りにビニールシートを付けておく必要がありました。それでも母さんのレコードは売れないも同然です。男たちが低い場所にある店に入ってくるのは、単に木箱にしゃがみ込んで、路上で拾った煙草の吸いさしを一服し、何か音楽を所望し、そうしながら拍子を合わせ上半身を揺らし、あるいは口に煙草の吸いさしを銜えながら、両手で腿を叩くためです。おれの小さな睡蓮、父さんは戻ってくると、そう言ってわたしを抱きよせました。いつかおまえはアマゾン川でおまえのきょうだいに会うだろうよ、巨大な睡蓮だ、流れに乗って漂う、土は要らないのさ、家もない、そしてたったふた晩で開花する、最初の開花で白、二番目の開花で赤だ。白から赤の開花まで時間がかかるの、とわたしは尋ねた。時間がかかるのもあれば、と父さんは答えた、もう明くる日には赤い花が咲いてしまうのもある。それだからヴィクトリアの十五歳の誕生日前に父さんは行方不明になったのか。父親が大人の年に入った自分の娘のために執り行い、初めて父親の腕を取って踊るこのお祝いの日に。ダンス服はたっぷりして襞飾りもたくさんついていなければならない、極貧の人でさえも娘にはダンスパーティー服を生地半分でもこさえる、とくに薔薇色が選ばれる。薔薇色といってもショッキングピンクに近い。母さんは嫌な予感がした。親戚を招待しなかった、どうせ最後の最後になって迎えに行くこともできるから。だが夜になった、父さんは見つからないままだった。そこでわたしと母さんは、雨が降っていなかったけれども、地下室のような店に入って、木箱にしゃがみ込み、好きなレコードを掛けた。暫くして母さんがチキン料理を取りに行った。舌鼓を打ってこの珍しいご馳走にむしゃぶりついたが、ついにふたりはこの暑さでは鶏肉は全部平らげなければならないことに気付いた、なにしろ冷蔵庫を持っていなかったから。がつがつというよりはもうやけ気味になって、結局一種猛然とチキンを引き裂き、軟骨と小骨を吐き出した。最後には油染みで汚れたダンス服を着たまま、自分の回りにまき散らされたチキンの食べ残しの真ん中に、まるで猛禽類の巣にいるように座っていた。あの晩とヴィクトリアさんは言った、のしかかる孤独感と、胃に重くもたれたチキンのために朝まで寝付けなかったとき、初めてここを出ようと考えが浮かんだんだと思う。話のこの点に来る直前、わたしはたぶん頷いていたのだろう、というのも自分が急にベッドに棒立ちになり、えっ、チキンのために家出ですって、と大声を出したことしか覚えていない。ヴィクトリアさんは階段を駆け上がり、もちろんです、と中階で答えた、そしてそれからさらに屋根裏部屋から言った、それともそれ以外の鳥のためでしょうか。

おかっぱ頭の、黒い肘当てと膝当てを付けた少女はもう波止場に現れなかった。あの子が十五歳の誕生日になるまではまだ暫くかかる、確かに今その子は市役所前の広場はなんて小さいかしらと言うけれど、以前は広場を渡るのに二年かかると思ったほど果てしなく見えた。でもこの前の謝肉祭には、全身薔薇色の変装を選んでいた、もっとも子豚で、非常に不機嫌などころか、うんざりするような垂れ耳の子豚だった。そもそも頬をひどく膨らませているから豚のお面は大きすぎで、ゴムバンドをボタンで縮めなければならない。それでも空洞が残るからブウブウ声が独特な共鳴を生じ、それで子豚はすっかりうっとりしている様子だ、大げさにブウブウキイキイ言い、変なジャンプをしては山腹の村の細い路地を抜け、とっとこ行ってどこかの通行人の脛に噛り付く。この子豚の存在は昔の時代の人魚姫や雪の女王に次ぐ大出世。子豚にはちなみに元気のいいレモンが仲良くついている、というのもお隣りさんは自分の末娘に向いた変装は毎年たくさんあるだろうが、まったくレモンしか思い浮かばなかった、黄色のスカーフにぴんときたのだ。夕方その二人は飛び跳ねにも疲れ果て、子豚は村の南側にある庭に退却する。暗くなるまで子どもは無我夢中で紙吹雪の袋を持って、セージとラヴェンダーとローズマリーの間を歩き回る、とっくにブウブウ鳴きをやめてしまっていた。一心不乱、ものも言わずに、子どもは色とりどりの紙吹雪を振り撒く、この初めての謝肉祭の変装の後に、縫い合わせた毛皮のしっぽが猫になったときも、その子は黙ってひとりぼっちで同じことをした。夜月が山の端に上るときには、紙吹雪は小石のように閃き、家路を示してくれるだろう。しかしいつの日か紙吹雪はもう手元になくなるだろう、困った子は最後のパンを小さく千切るだろう、でもそれから月明かりでお父さんのいる家路を探すとき、鳥たちはみなパンくずを啄ばんでしまっているだろう。

湖、円錐形の山々、水平線は日ごとに透明になる。鳥たちも輝く大気に溶けてゆくのか。

それとも町の彼方の冬の宿営地飛行に向けて、すでに集合しているのか。鳥のいない空は死んだも同然だ。真昼ヴィクトリアさんが波止場に沿って塔を目指してくる。またかなりの人の群れがまたもプラットフォームの前に集合して、案内板のそばで口論していた。ヴィクトリアさんは躊躇《ためら》わず彼らのそばを通り過ぎ、市立公園へ消える。暫くして人待ち顔に椰子林の入り口に立っている。プラットフォーム前の人々は、その数人がグループから離れて小型カメラで辺りをパチパチやっていて、遠ざかろうとしない。わたしはまだ温かい緑のポレンタ容器を中階の採光スリットにずらして、ヴィクトリアさんがこの警告の合図に気付いてくれと思う。実際彼女はまた公園の内側へ引きかえす。今日こそヴィクトリアさんと塔の歴史を前進させるぞと意を決して、例の読書室へ下りてゆく。急に気付いた、記録文書の数頁、特に終わり辺りがない。ヴィクトリアさんがまさかトイレットペーパー代わりに使ってしまったのかしら。わたしだって子どもの頃、住んでいたいくつかの家にはペーパーロールはまだなかった、それ用に拵えた小箱に千切った新聞紙や電話帳を見つけたものだ、そうすることでひとは見ず知らずの人たちと前代未聞の接触をした。ヴィクトリアさんがわたしについて何か入手しようとして数枚使ったのかもしれないという考えはもっと嫌だ。しかしわたしだって彼女のビニール袋を覗きはしなかったか。塔の記録文書の終わりをざっと目を通したことがある。それはまだ生きている鳥類を商品として移送する話、鳥たちは細長い低い箱に無理やり入れられて、途中何の世話も受けずに送られる、そしてその動物たちは瀕死であるいは死んで自分の汚物の中に横たわった姿でやっと目的地に着くというのである。この最終章は特に生きているヨーロッパ鶉《うずら》の移送の話だったと思う。この幾分のろまな動物たちは特にやすやす捕鳥者の餌食となる、彼らは確かに単独で南への旅を開始し、途中で群れを作り、そして暫くするとついに黒雲となって休息のためにあちこちでゆっくり降下するからだ、そしてまたこの鳥たちは海の波の上で休息する、あるいは向かい風の嵐には死に物狂いで船のデッキに激突し、旅の再開を決めるまで、茫然自失で横たわっているから。

ヴィクトリアさんがノックする。わたしたちが取り決めたノックの仕方だ。記録文書の数頁がなくなった気振りをなにも表わさないでおこう。しかしもっと用心深くすべきだったのか。それは嫌だなあ。一緒にポレンタを食べながらヴィクトリアさんに訊く、折を見てワシントンホテルからぶどうを二三房持って来られないかしら、それに対し彼女は曖昧に頷き、食べ続ける。わたしは訊く、あなたの国のフルーツを食べたいと思うときはないの。それはありります、このポレンタにうんざりされないのは前から変だなと思ってます。いつかまたアマゾンりんごを齧りたい、南国の低地にしか育たないからそう呼ぶんです、果肉は白く、黒い種がいっぱい。わたしたちはこの果物を二つ割りにしないし、甘い果肉をスプーンで掬ったりはなおさらしません、子供のころはすぐその場で齧りつき、革のような外皮を吐き出し、黒い種も同じく次々に吐き出し、スピードを挙げて、一番早く一番たくさん種をまき散らした者が勝者だったんです！彼女はつと立ち上がり、口いっぱいにポレンタを頬張ると、スピードを挙げながら吐き出す、数瞬でわたしは床に座ったままポレンタの汚れまみれになる。ヴィクトリアさんは今むせている、嘔吐が痙攣的な咳き込みに変わる。どうしても咳き込んでしまうのかしら。喉から激しい吐き気を催す、体を揺するげらげら笑い、そして突如、わたしの知らない、つんざくような笑いに変わった、むしろ嗚咽に近く、それが塔の壁にあたって反響し、夜遅くまで続く。

塔の十八日目

事務官は朝から波止場で何をしているのだろう。起床してから見ているが、彼はずっとプラタナスの下をぶらついている。例の如く早朝に出かけたヴィクトリアさんを見なかったとわたしは思いたい。彼は今、閉店中のアイスクリーム屋台に凭れて湾を眺めている。そろそろ彼にワシントンホテルのことを訊けるかもしれない。プラットフォームから大声で呼ぶ。驚いた顔つきでやってきて、不安そうな口調で、しつこく付きまとわれていますかと尋ねる。突然、熱いものがこみ上げる。彼の気遣いでまたもや守られているのだろうか。だとすれば、かつて彼を挑発したこと、つまり塔の独特な規則を無視し、好き勝手にやり、頭の中のざわめきの翼に乗って行く、それはやっぱり眩惑にすぎないのではなかったか。事務官は執拗に問いを繰り返す。いいえそんなことはありませんと、退ける、決して付きまとわれたりしていませんよ。ご存知ならばよいのですが、市役所で、と事務官は言う、家具設備や人事問題の他にホテル客に国籍に応じた対応の仕方を含む古いホテルハンドブックを探したところ、たしかにビジターの身元を聞いてはいけないとあり、だがそのために生じる不確実さは脅威ではありませんか。人の帰属はある程度、結局それとなく知れるものです、それともあなたはすでに建築家の考え方に賛成ですか、彼が言うには、塔で一晩を過ごすうちに、出自だの、その祖国だの、本人の名前すら、ビジターたちから抜け落ちて気懸りでなくなると言っています。そう話す事務官の視線がわたしから逸れて、わたしのジーンズを点検している。それとなく自分を見下ろすと、あらっ、ヴィクトリアさんの吐いたポレンタでしみが出来ているじゃないか。洗濯物にあなたのものではなさそうな衣料品が見つかっています、と事務官は言う。トイレの大理石プレートは洗濯板みたいなものだし、とわたしは応じる、それに屋根裏部屋では濡れた洗濯物がすぐ乾きますものね。えっ、洗濯物を指令室に吊るすのですか、と事務官は尋ねる。すぐにもこの話題を変えなければならない、なにしろヴィクトリアさんも持ち物をあちこち屋根裏部屋に乾かしている、今、上に彼女の何が掛かっているか分からない。そうですねと、大声で言う、もし昔にあったように、お湯を裕福な旅行客がホテルの半地下で使える、そしてかなり貧しい町の住民も戸外の大きなバスタブでお湯が使えたら、わたしとビジターたちはなんて素敵だなあと思いますよ。

事務官は急に慌ただしく挨拶して去った。屋根裏部屋に上がって、朝日のあたるヴィクトリアさんのベッドに横になる。数日前からひんやりする一階からここへ逃げ出している。木板の継ぎ目から湖面の輝きが侵入する。もし町の騒音がこれほど弱くなかったら、まだ夏だと思うかもしれない。しかし時たま車のクラクションが鳴る以外には静かなので、ふと気がつくと、旧屠殺場の開いた入り口にあるビニールシートがバタバタ鳴る音が聞こえる。建築家はあそこの若い占拠者たちの間をどのように調停をしたのだろうか。目を瞑る、そして屠殺場が咆哮に満ちる夜明けに目覚める。頭に楔を打たれた後の動物は足を引っ張り上げられ、屠殺場全体の天井に張り巡らしたレールに吊り下げられ、首から脊柱までが一気に切り落とされ、血の波がどっと噴き出る。死肉の出血が止まるや否や、皮剥ぎ、中身取り出し、鋸による砕片作業が続き、吊り下げ用フックのチェーンがガチャガチャ音を立てる。そして新たに、足で吊り下げられた動物たちが移動用レールをつたって幽霊のごとく屠殺場内部へ滑って行く。生肉の甘ったるい匂いが鼻を突き、氷煙が冷蔵庫から漏れる。戸外では屠殺場の廃棄物コンテナに降り立つ鴎《かもめ》たちの、腹をすかした甲高い声が集まる。鴎は深紅の嘴でまだ閉まっている蓋をつつく、彼らの猛烈な叫び声と突き音とは耳を聾する騒音となり、わたしは目を開け、塔の剥き出しの屋台骨を下から見上げる。頭上直に鴎の叫び声が相変わらず続き、群れ全体が塔の屋根の上に集合したに違いない。急に不安にかられて立ち上がり、そして確かめる、大丈夫、プラットフォームはまだ岸辺にしっかり繋がれ、しかも水平線に向かって漂流していない、それと違い、船に乗ると、海の真ん中に時おり見える、あの小さな漁業用帆船が、鴎の群れに覆われ、ゆらゆら揺れて、しだいに青色の中へ姿を消してゆく。

午後ジーンズをトイレの大理石プレートでごしごし洗う。突然ヴィクトリアさんが顔を出す。不意を突かれて赤面してしまう。濡れたジーンズを掴んで言う、ヴィクトリアさんはどこで体を洗うの。まさか雀みたいに砂浴びはしないわよね。声音が幾分荒っぽく聞こえたに違いない、ともかくヴィクトリアさんは眉をひそめる。もちろん砂浴びです、ほかにありますか。湖というかこの死んだ池では、いつでも藻に引きずりこまれる心配があるから、確かに水浴びしません。それでも砂洲は街で一番好きな場所、でも砂浜があるからこそ、それはそうと、今そこから来ました。暇があれば数日かけて掘って、温かい砂に潜り込み、太陽が沈んでからまた起き上がるんです。すると自分が砂に残した深い押し跡にびっくりするぐらい、と同時に、それを見つめても信じられない、でも自分は本当にいるんだなあ！この湖畔に！この町にって！でもたいてい足でササッと跡を全部消しちゃう、砂洲では誰も人のことに注意しないけど、そこも気に入っていますし、想像もつかないでしょうけど、今日も砂洲はすごく人で賑わっていましたよ！

ヴィクトリアさんはさらに一晩中砂洲の話で楽しませてくれた。時には砂に描いた自分のシルエットを壊さないでおいて、夜になってから想像する、大波が来る、体の押し跡を白い波の泡でいっぱいにする、その後輪郭すべてを溶かして洗い流す。でもこの湖ときたら引き潮も上げ潮も全然ないですから！もう次の日砂洲に戻って砂のへこんだ跡を片づけなきゃならない。でも砂洲の散歩はいつでも行っただけのことがある。とくに冷えたローストビーフとヴィネグレットソースを持って、たくさんの水浴客が、大木の下や並木道へ戻ったりすると、そこで容赦なく大黒蝿や蚊に襲われてしまうでしょう。よくその人たちときたら、そのまま慌てふためいて水中へ逃げ込み、何もかもほったらかしにするんです。そうしたら半分食べかけのローストビーフのお皿を片手に、ゆったりとテラスの日よけ下へ歩いて行って、わたしはお食事としゃれこみます。ヴィクトリアさんがあそこに座る姿が思い浮かぶ、市の公園と造船所の間に、中国風園亭のように立つ中央建物のアーチ型屋根の下だ。ただし砂洲は次の夏まで、すでに九月半ばから閉鎖されている。最後の砂熊手はヴィクトリアさんのシルエットをとっくにかき消している。更衣室キャビン、テラス、並木道は人っ子ひとりいない。何もかも非現実に感じられ、わたしはベッドに入ってしまった。さてすでに昨日から、ヴィクトリアさんにそろそろ塔の恐怖装置の全目録を教えようと決めていたのではなかったか。

明日だ、明日にしよう！

塔の十九日目

昨晩初めて寒くて目が覚めた。そのあとヴィクトリアさんが規則正しくスウスウ寝息を立てるのを聞いてから、もっとしっかりウール毛布にくるまった。朝方もう一度寝入ったに違いない、自分が突然、幾何学的に掘られた砂黄色の竪穴の底に立っていたから。上の、穴の縁に次々と、黒服を着た山腹の村民全員が現れた。ゆっくりと頭を突き出し、わたしを見下ろした、まず帽子一つが見え、いや一房の前髪かもしれない、それから額の先、最後に無表情の目だった。どうやら彼らは何か重いものを前に押し出そうとし、押したり引いたり、結局柩の頭をどんどん竪穴の縁を越えて突き出した。もう柩は穴開口部をほとんど覆った、それから彼らは長い紐をわたしの方へ降ろしにかかった。わたしは生きたまま柩と一緒に埋葬されるパニックに襲われた。死に物狂いになって、こちらへ屈む顔の中から同情的な目つきを探した、ついさっき穏やかだが有無を言わさず、人々の頭の間に割って入ったのは、ヴィクトリアさんではなかったか。いた、いた、彼女は体をわたしの方へ下に傾けた、わたしは命のどの糸でも伝わって彼女の面影にしがみついた。彼女は口を動かした、きっと何か言っていた、なぜだろう、言っている言葉が分らなかった、耳に砂が詰まったのかしら。しかし彼女の顔は今度もっと近付いた、途端に声が聞こえた、あのう、塔にわたしたちいつまで滞在できますか。

ヴィクトリアさんは問いを繰り返したに違いなかった。彼女はわたしのベッドのそばに立っていた、わたしは彼女の菫色に褪せたTシャツを見詰めた、それが千切れてしまった気がして、剥ぎ合わせなければならないと思った。彼女は慰めようとしたらしい、熱病患者を扱うようにわたしの手を取った。そんなことは今までなかった。そう気づいた瞬間すっかり目が覚めた。よく分らないけれどと言って、ベッドで体を起こした。そして当惑を隠すように出来るだけそっけなく付け加えた、事務官が新しい洗濯物を持ってくる限りわたしたちは滞在できるの。ヴィクトリアさんは黙った。わたしは小さな食堂へ彼女用にもブリオッシュを取りに行きかけたが、ヴィクトリアさんはもう塔を後にしていた。その直後、市立公園でひどい騒音が上がった。急いでプラットフォームへ出た、まず発見したのは黒の雄猫だった、猫は平べったく木の板に体を押しつけて、それから岸に向き、わたしの方へは顔すら向けなかった。尻尾だけを使ってあちこち叩き、リズムがボンボンいった。騒音を起こした大元は、市立公園のポプラの一本に降り立った鶴の群れで、ポプラの枝が鳥の重みで揺れていた。時々群れ全部が羽ばたいて飛び立ち、騒々しく辺りを旋回し、また同じポプラに飛び降りた。そうしながらも嗄がれた啼き声は増したり減ったり、あるいは入り混じり、一向に終わろうとしなかった。わたしがブリオッシュを食べ始めた中階まで、その単調さを増す啼き声は付き纏った。

塔の樅の木の板をじっと見詰めてから、また目を瞑った。ガアガアの啼き声は本当に市立公園で続いていたのか、それとも頭の中だけだったのか。ヘレンガッセ町の古い校舎の講堂は静かだった、それでいて静けさを満たしていたのは、講堂の壁一面を占めた硝子戸棚の剝製の鳥たちの呼び声や甲高い声、ツピツピとカタカタ、悲鳴とピイピイの啼き声だった。授業中でも緊急情報を校舎じゅうに広める必要があるときには、躊躇なくわたしが選ばれる。わたしはいなくてもどうやら簡単にすむからで、それをいいことに走り使いを教室から教室へ、さらに講堂まで足を延ばしてしまう。誰一人見えない。講堂に忍び入る、爪先立ちでミシミシいう寄木張りの床に上がる、猛禽類たちの突き出た硝子目玉に追われる、かれらが校舎のなかのこの墓所を見張っている。中央に鎮座し堂々たる翼を広げる鷲なんかには見向きもしない、もっともわたしだって当時は、暗算の最中に二羽の鷲が村の上空、ピラミッド形の山の回りを旋回したとき、他の子たちみんなと同様、金縛りにあったよう息を殺し見詰めていた、ついに鷲のペアはゆっくりと螺旋状に舞い下り、それから突如斜めに急降下して、保安林へ消えて行った。しかし鷲はしばしば、崇高さの印としてすべての寓話の英雄として、わたしたちに褒め称えられすぎた。わたしの好みは硝子戸棚の最下段の隅に埃を被った王のコンドル《トキイロコンドル》に向けられる。剥製の鷲に敬意を表すことなく、朱鷺色コンドルの前にしゃがみこむ、翼を閉じているためにかえってずっと生き生きした感じだ。説明書きは南米産だという。彼は撃ち落とされ、引き摺られ、彼の王国は没落してしまったのか。大きさは鷲とほとんど同じだが、だが体躯はずんぐりで、頭頂部のあの瘤のある苦労皺と目の回りの疣で心痛に身を屈めた感じがする。だが腹部の羽はオコジョの毛皮さながら白く光り、翼の蓋羽(訳注：鳥の背と尾を覆う羽)は埃の下でもなお赤さを留め、そして尾羽は豪奢な黒だ。探るように朱鷺色コンドルの目を覗く。コンドルから権威失墜の秘密を聞き出そうとする、彼だって最終的には黙りこんでいられないはずだ。しかし休み時間の鐘が校舎じゅうに響く。すべての教室から騒がしい子どもたちが廊下に飛び出す。

午後遅く屋根裏部屋へ上がる。ぼんやりとワシントンホテルの方向に目を遣り、そして通行人を見下ろしながら見ていない。空いた窓に凭れて頭を腕に乗せる。波止場の、住人のいるマンションの最後の一角に明かりが一つ灯される、その光景に永久にこうしたマイホームライフから締め出されているかと悲しみが胸に広がる。どこかで鈍い砲撃がしたようにブラインドが下りる。額を肘に押しつける、胸中が穏やかになればなるほど、容赦なき時の驀進が聞こえる。おかっぱ頭の少女は今とうに髪をなびかせて、無造作に髪を結っている。わたしは躊躇《ためら》いながらその子の子供用エアマットレスをもって市の周辺の粗大ゴミ集積所を歩き回っている。そういうものを保管する屋根裏部屋などどうにないが、しかし誰かがきっとまだ使えるかもしれない。何人かの通行人に聞いて回るが、結局手から子ども用エアマットレスはひったくられ、勢いよくシュレッダーに投げ込まれる。回れ右をして退散しなければならない、一方街なかの少女は結った髪を解いて人ごみに消える。その間にシュレッダーは倦まずたゆまずすべて処理に捨てられたもの、ガーデンチェア、子供用エアマットレス、スーツケースを粉砕する。ついにそのガタガタカタカタいう音が遠方へ消える。波止場のマンションのあのランプで照らされた部屋で、キャンドルが一本灯されていた。もう金曜日の晩なのかしら。ここ上階の指令室でヴィクトリアさんを待つことにしよう。

秋の夕闇時にヴィクトリアさんは階段を上って来て、この上階にわたしを見てひどく驚いたらしい。彼女は素早くチェックの視線をビニール袋に向ける、それをこちらも見逃さないが、そしてベッドに腰を下ろす。そしてこれ見よがしに欠伸をするので、わたしはつい命令口調で窓を開けるよう頼む。この夕闇はと言う、あなたは夜明けの薄闇と同じと思っているけれど、あなたのいつも早朝外出でけっして体験できないもの、このたそがれ時はつまり捕鳥者の期待で緊張した時間なの。寒さにぞくぞくしながらじっと動かず見張り台に立っている。囮《おとり》道具はすべて手近に準備万端整っている、鳥の声に似せたさまざまなホイッスルとガラガラ、凝った光反射の鏡、その話は前にしたわ、しかし決定的なのは多種多様の威嚇道具のコレクションよ。ヴィクトリアさんはちらと目を凝らしてこちらを見る。わたしは続ける、渡り鳥の群れが疲れて木の回廊に降り立った途端、呼び子か叫び声を立てて、ときにはそれどころか足踏み鳴らして、捕鳥者は施設のセンター目掛けて、本当の妖怪を投げるわけ。それを枝で編んだ投擲球体と考えるでしょうが、蝿たたきの形をした、皿状の篩《ふるい》あるいはパテに似たもの、むろん取っ手がどれにもついている、というのも投擲は目にもとまらない速さで行われなければならないからね。例えば聖務日課書を持って観察塔に座っていた、ある聖職領主の話が知られているの、彼は予期しない数百羽のアトリの出現に会い、すぐに適当な威嚇道具が見つからなかった、そこで手っ取り早く聖務日課書を自分の帽子もろとも囀る群れに向かって投げたんですって、そもそもそういう聖職者領主たちについて、開いている教会窓を通して、折りしも降り立つ渡り鳥の羽音を聞きつける、その途端職務を切り上げ、威嚇道具取りに駆けつけたことは立証されているのよ、でもどうして、何のための威嚇道具なんですか。とヴィクトリアさんは遮る。空中を飛ぶ投擲球体は、と詳しく話したくなる、捕鳥者の呼び子や鳴子といっしょになって猛禽類の攻撃を偽装するのね、休息する渡り鳥たちはぎょっとして奥へ奥へと木の回廊へ逃げ込み、しかも出口なしの順番に張られたネットに引っ掛かってしまう、ヴィクトリアさんは頭を上げる、どんなネットなんですか。

どっと疲れが出てフーウッと息をつく。いったいヴィクトリアさんに捕獲網の話をまだしていなかったのだろうか。自分ひとりにだけこのネットについて語っていたのか、絹製、木綿製、目の大きさはさまざまの、あらゆる種類の鳥の破滅のために考え抜かれた大量のネットについて。それとも伝えるうちに細かな点をはずしたかなという疑念が湧いた、しばしば忍び寄る疑念、ヴィクトリアさんはもしかしてすべてを知っている、知り方が違うだけで彼女なりに知っているかもしれない。いずれにしてもヴィクトリアさんは毛布の下にするりと滑り込んで、わたしを見つめているが、どう見ても疲れて放心状態だ、そうしながら菫色Tシャツの袖の下の上腕を引っ掻いている。袖がずれて上に捲《まく》れる、そして突然、最後の夕べの光のあたった上腕に黒いあざを見つけた。大きさはヒキガエルほどで、判で押したように平たいが、はっきりとした輪郭の、両脚の付け根のように少し盛り上がっている。驚きを隠せない。ほくろの一種なの？腫瘍なの？ヴィクトリアさんはさっとTシャツの袖を下ろすが、わたしは叫ぶ、まだお医者さんに見せたことがないの？ヴィクトリアさんは冷ややかに肩をそびやかす。きつく毛布にくるまって壁に向いてしまう。わたしにというより壁に向かって小声で語る、病院患者よりも先の夜間待ち、風と寒さをよけて誰もが数時間、押し合いへし合い、ついに早朝病院の扉が開く途端に番号札確保、それを持って、一カ月後医者の診療を受けられるときもあるけど、事情によっては別の病院に回される、またそこで真夜中過ぎに長蛇の列。ヴィクトリアさんは壁に向かってますます不明瞭な声でもぐもぐ言っている。その後彼女から何の物音もしない。プラットフォームの下のゴボゴボいう水音だけが聞こえる。

塔の二十日目

ヴィクトリアさんはいつもより早く出かけたに違いない、どうやらわたしがもう一度彼女のTシャツの袖の下を見ようとするのを避けてのことらしい。寝惚けまなこでドアを開ける。露と朝靄の香りが辺りに漂っている。プラットフォームの端に、前足の回りに尻尾を巻きつけてあの黒の雄猫が座っている。屈むと猫は近づく。猫の透けて見える耳にそっと触ってみる、感触は、寒い夜に長時間外気に晒しにしたままの絹のドレスのようだ。猫はされるままになっている。しかしそのあと目にも止まらぬ速さで、両前足でわたしの腕の回りに絡みつき、噛みつき、グリーンのプラスチック容器を巡って毎日の取っ組み合いでできた以前の噛み痕にもうひとつ追加する。ちなみに数晩前から猫は信じられないほどひっきりなしにドアを引っ掻いている、それでいて鳴き声を挙げない。猫を中に入れる誘惑にやっとの思いで踏みとどまっている、しかしヴィクトリアさんが捕鳥塔に雄猫を入れたらどう考えるかは実際分からない。お腹をくすぐって、噛む癖を弱めようとする、ポレンタの容器はまだ全然来てないねと猫に言う、ご覧、ビジターが来たよ！突然の大声だったのか、猫は驚いて丸まってしまう。波止場には実際こちらを目掛けて一団が近づく。先頭の誰かが、どうやら引率の印らしい傘を高く掲げて歩いている、波止場はまだ誰もいないし、晴天になりそうなのに、きっと日本人だ。日本人はたいてい傘を掲げる人の周りに群がる、それと違い、スペイン人は、それぐらい今までに確認できたことだが、たいてい扇子を掲げる人についてゆく。番をしてね！と猫に呼びかけ、塔に消える。

今までビジターグループのしつこさには多少慣れているが、今回はその経験を越えている。じっとわたしは中階の床に座っている。グループはぐるっと塔の回りを歩き、間を置いて何度もハローと呼びかけ、塔の壁を叩き、結局そのままプラットフォームに腰を下ろす。採光スリットからカジノの透明なエレベーターの昇降が見える、一台は空で、もう一台は黒い人影が乗っている。鳥籠の鶴みたいだわ、と思った途端、鍔広の帽子に気付く、それはちょうど下りで、その後まもなく床丈の黒いコートは上に上がる。その間に塔の回りの寛いだ気分の声が騒がしくなる。用心しいしい採光スリットに近づき、わが眼を疑う。プラットフォームの日本人と思しき人たちは小さいプラスチック容器を取り出して海苔巻きを食べている。一種やけくそになって、自分でも嗤ってしまう、ペタンと木の床に横になって、寝にかかる。

目をまた開けると、人声は遠ざかっていた。カジノのエレベーターは止まっている。ほっとして屋根裏部屋へ上がりかけると、プラタナスの下に腕に包みを抱える事務官が見える。しかし洗濯物の交換は明日にならなければないはずだわ！思い違いなわけはない、しばらく前からカレンダー代わりになるものが欲しくて、朝食のブリオッシュのセロファン袋を取ってある。観光客グループがごみをプラットフォームに残さなかったのは残念だ、もしごみがあったらわたしにとって言い訳になったのに。プレートは正しく掛かっている。遠くの青空には小さな積雲が二つ、塔の上空高く鷗が一羽、まるでそこに誰かが置き忘れたように止まっている。落ち着いて事務官の方へ向かう、明日見えると思っていましたけど。彼はわたしの精神状態に喜んでいるらしい。明日は市役所の特別会議がありますので、と事務官は話す、この町上空の夜の照明光のカバー《リヒトグロッケ》状態の調査結果のプレゼンテーションを行う予定です。この塔がライトアップ流行蔓延に稀有にも拒否するところを指摘する機会を決して逃しはしません。昆虫の観点からいえば、湖上に毎晩派手な金色に燦然と輝くかつてのモデルは破滅的存在でした。水辺のライトアップは昆虫にとって電気掃除機そのものですし、波止場の街灯は彼らにとって死の一里塚を意味します。かつてのモニュメントの建築家は長持ちする銀色塗装までも検討した、と考えると呆れます。でも時には夜も果てる頃、とわたしは事務官に言い返す、早朝の透明の霧がまだライトアップされたモニュメントに掛かったさまときたら、それこそ湖と川の上空を通ってアドリア海へ下る水上のベニス場景と言えないかしら？事務官は洗濯包みをひしと抱いてわたしを見つめ、悲しそうな表情を抑えられない。素っ気なくわたしは訊く、どうしてここからワシントンホテルは見えないのかしら。しかしワシントンホテルは、と事務官は急に不機嫌に大声を出す、何しろ昨冬取り壊されましたから。わたしは眩暈に襲われたように目を瞑る。それから事務官がわたしの腕に洗濯物の包みを渡しにかかるのを感じる。ぼくに一つ、とわたしの顔に近づき言う、渡り鳥の話をしていただけませんか。返事もせずに塔に行って皺くちゃのシーツを取ってくる。事務官ははらはらしてこちらを見る。最初に飛び立つ鳥たちは戻ってくるのも最後です。地球の磁場に従う鳥もいます、昼間飛ぶ鳥たちは太陽を頼りに、夜飛ぶ鳥たちは星を頼りに方角を決めます。プラットフォームに波がぶつかって音を立てる。わたしはとっくに沈黙している。今日の湖上には、まるで大河のように、グリーンに光る流れがある。そして事務官とわたしは川を下り、そして、死んだ人々からの結婚祝いのように、シーツを交換する。

中階の床に座っていると、ヴィクトリアさんがわたしを見かける。上に来ませんかと彼女は訊く、上はまだ日が入るらしい、わたし、波止場から見てました。屋階のヴィクトリアさんは最後の陽だまりにしゃがんでいる。心中に訊いてみたいことが次々に押し寄せる。いつもと違い、改めて彼女の項に結ばれたポニーテール、褪せて菫色になったTシャツ、血が滲んだようなジーンズをじっと見つめる。しかしヴィクトリアさんもわたしをまじまじと見つめる。わたしの腕の噛み傷を指さして笑う、塔をどっちが占拠するかで、取っ組み合いになったんですか。あやうく、すでに昨冬解体されたワシントンホテル、閉鎖されて間もなく一カ月になる砂洲について意地悪な反問をしそうになる。しかし黒い目を輝かせた彼女に率直に見つめられると、頭をよぎる、彼女のように嘘をつく人は結局、なにが真実か、深く考えているのだ。すると不意に矢も盾もたまらなくなる、もし理解しようとしたら彼女を失ってしまいそうだ、彼女にまた鳥の話をすることだ。視力、声、動きにおいて人間よりはるかに優れたこの小さな生き物たち、たとえばアフリカまで飛んで南のサハラ砂漠で越冬する鳥、キイロハシナガムシクイ、しかしヴィクトリアさんは鳥のことは知りたくないと言わなかったか。鳥はどれも水上に向かって投げられると、泳ぐのよ、といきなり始める、しかもね、彼らの中の上手な走り手、走禽類、跳躍禽類だけでなく、速足で駆ける鳥、よたよた歩きの鳥、滑走する鳥もそうなのよ、濃い眉根を寄せたヴィクトリアさんは遮って言う、ネットの話を続けたくないんですか。木の回廊に緩い捕獲網やきつく縛った捕獲網のことを言わなかったかしら、と訊くと、ヴィクトリアさんは疑わしそうに首を振る。鳥たちは投擲物体の唸り声に恐れをなして木の回廊へ逃げ込むと、緩い網を引っ張って、よりきつい網の幅広い網目をくぐろうとすると、それがかえって袋になって引っ掛かってしまうの。でもと急いで付け加える、一番小さい鳥は逃げ出せることもある、例えばキイロハシナガムシクイ、真っ黄色の胸の毛を逆立てるのが好きで、まるで木漏れ日を飛び散らしそうに、パタパタ翼を広げる鳥だけれど、魚みたいに体を細くしてスルッとくぐれる、実際網を抜け出るの。でもまだ逃げているうちは小回りターンを描くことを忘れない。もう上空高くブナの木に止まっているわ、お腹の羽を広げて、即座にほかの鳥を真似たメロディックな歌を歌いだす、そうよ、ほかの鳥の歌をカンニングして真似るものだから、耳を澄ます捕鳥者もよくたぶらかされることがあったんですって。わけもなく捕鳥者はほかの威嚇道具を森の空き地へ投げつけて呪うの、キイロハシナガムシクイめ、囀りもろともティンブクトゥへ行きやがれって。ヴィクトリアさんはとっくにもう陽だまりに座っていない。薄闇に彼女の顔がぼやける。それでと彼女は訊く、引っ掛かったままの鳥はその後どうなるんですか。たいてい捕鳥者は疲れ切って、塔を離れられないし安楽死も招けないわ。ヴィクトリアさんは立ち上がる。それって。わたしは階段へ向かう。すぐさま首根っ子を押さえ込むことでしょう?

塔の二十一日目

いったいどうしてだろう。きっと誰かが塔にいると確信した。階段の丸窓を通してもう光線が一階まで射しこむ。ヴィクトリアさんはこの時間とっくに出掛けてしまった。しかし屋階で何か今動いたかしら、何だか分らない物音、カサコソいうような。もしや燕がヴィクトリアさんのビニール袋に巣を作ったのかしら。裸足のまま階段を上がって屋根裏部屋まで来る。ヴィクトリアさんがベッドに起き上がっている、髪がぐっしょり、わたしの方を見遣る。目を赤く泣きはらしてそのまま眠ったのか。びっくりして尋ねる、ワシントンホテルに行かなくていいの。ヴィクトリアさんは無表情な目つきでこちらを睨む。彼女のベッドの端に腰掛ける。わたしもここでは嫌な夢をよく見るの、と小声で話す。でもいつも同じ夢じゃないでしょう！とヴィクトリアさんはかっとしたように叫ぶ。それに夢じゃないんです、本当に父さんと一緒に数時間もあのバスに揺られました、高原を走る地方交通バス、たいてい満員で屋根にも揺れる箱や段ボールの貨物が乗っていて、バスの色ときたらど派手なんです。でもふだん混雑と埃がひっきりなしに舞い上がるために、お祖母さんの家に向かうバスの間じゅうほとんど何も見えないんです、そんなあの日、ほとんどだれもバスに乗っていなかった。バスの運転手は黙って果てしないカーブを上った。もうエニシダは道路の両側になかった。そして乾燥した草叢のあるパンパが目の前にあっただけ、ところどころに小村、波板トタン小屋の間に白い家々があるのだけれど、子どもがどこにもいない、真っ赤な服を着て焼印を押したようなほっぺたをし、バスの舞い上がる埃に駆け寄ってはいつまでも手を振っていたのに。何もかも死に絶え、バスはどこにも停まらなかった。父さんはバス運転手と会話のきっかけを掴もうとしたが、運転手はなにも応えないかあるいは答えても素っ気なく、短くゲリラや軍隊に触れ、絶え間ない復讐と反撃復讐さ、と言う、最近あの死の騎兵中隊があったさ。その後バス運転手は父さんにもうとりあわなかった。運転手はわたしたちの旅の目的地でいやいや停車した、わたしたちが下車した唯一のお客だった。そしてそこからとヴィクトリアさんは言う、いつもあの夢が繰り返されるんだわ。眠っているような村に入る、煙もなければ声もしない、山羊の鳴き声もしない。いくつかの家壁には血痕があるの、もしかすると絞めた鶏のそれなのかもしれない、たぶん全員隣り村のお祭りに行っているのよ。ところがお祖母さんはいるらしい。家の扉は半開き、中は薄暗い、テーブルにはお祖母さんのカップ、椅子の背もたれにはお祖母さんの肩掛け。でもわたしの呼びかけに山羊のなき声が応えない、山羊はどこにいるの、いつもは好奇心で飛び出してくるのに、お祖母さんはどこなの。お祖母さんの寝室の枕の上にはいつものように畳んで夜着が置かれている、ところがこの不気味な静けさ、家の中のこの空っぽさ。お祖母さんのベッドの横には山羊の寝場所なんだけれど、わたし、ひざまずいて顔を壁に押し付ける、壁は山羊の匂いがする、ツーンと臭いの、でも夜ごとにその臭いは減って、もうどこにあるのか分らなくなる、顔を壁に押し付けているのに、水色の石灰がバラバラ剥がれてきて顔に当たるの。

初めてヴィクトリアさんがわたしとパック入り朝食用ブリオッシュを食べた。急いでいないらしく、またそれを隠さなかった。彼女が去ってからずっと中階に座ったままだ。しかしヴィクトリアさんが暗い家の中でしゃがみ、顔を水色の石灰壁に押し付け、山羊の匂いを嗅ぎ直そうとする姿を頭から振り払おうとしてもできない。屋階へ上がる。そしてまだ階段の一番上で窓へ振向かないうちに、開いている書斎から灯りだけが洩れる玄関ホールで父がわたしを迎えに来る。父はホールにあるチェストのまわりを小回りしなければならない、その父の横顔に気付いた短い瞬間、わたしは父の顔の衰弱を見てしまう、シャープな鼻、黄色い頬、全体が透いて見えて、もはやこの世のものとは思われない。烈しい悲痛を感じ、父を書斎の温かなランプの光の中に押し戻す。また啄木鳥《きつつき》になっていつもの書き物台についていてもらいたい、だって糊の効いたグレーのリネンの、今も羽毛のように膨れたスモックを着ているのだから。父にまたタイプライタをコツコツ、トントン叩いて、人を奮い立たせる思想を、その長い嘴でキイの隙間から選び出してもらいたい、そして父の背中を見ながら、静かに床の散乱した新聞紙の真ん中に座って、新聞を積み上げては小さな塔にする。ほかの誰もこの乱雑さに関わってはいけない、わたしの手が入ってこそ父が見分けられる配列になっている。年に一度父の書き物机の中央の抽斗《ひきだし》まで片づけていいことになっている。父はわたしが何も、曲がったクリップ一本すら捨てないことを知っている。母だったらたぶん父はそう思えなかっただろう、母は斜面机の下部にある取り外し可能な書類吊り戸棚を熟知し、父はまさに飛びっきりの忘れん坊としてこれだけは母に任せる、なにしろそれは失われた財産の保管棚であり、そして母は家の財産管理人であるから。母は時々書類吊り戸棚の取り外しと取り付けをするだけで、本当に溜息をつくばかりでなく、かっとなってお祖父さんのもう何も見込めない保証契約や、破産した工場の無価値の書類束の一つを破って千切ることもある。結局わたしはひとりぼっちだ。書斎の父の肘掛椅子に座って、開いた抽斗を前にしていると、鍵の開いた聖櫃の前にいるような気がする。脚をぶらぶらさせても床にまだ届かない。抽斗の中への冒険旅行が始まる、それっ。書きなぐった紙や紙きれの山へ、そこからラウエルツ産のさくらんぼに素敵に変貌することも、高層湿原の緑にキラッと光る野鴨に由々しく化けることも起こるのだもの。水性塗料を扱うためのシャツのぼろ布が入っていそうな、一風変わった石膏像が顔を覗かせる、それに白い水性塗料で描かれた氷河クレバス柄のペリカン社の缶もある、中で時々蟻が気絶して死ぬこともある。しかし熱心に銀紙にくるまれたチョコレートねずみを隈なく探す。父は定期的に土曜日に外国新聞を買うときに、キオスクでお土産に買って帰るのだが、わたしたち子どもがたまたま手近にいないときには、抽斗に詰め込んでしまう。そのままチョコレートねずみは沈みこみ、ついにはカビが生える段階に突入する、そして拾得物のねずみはどれも、食べられるどうかの検査で母に供されなければならない。しかし今までまだ煌めく銀紙に出くわしたことがない。束にする、積み上げる、分別する、夢遊病者的に悠然と父の連想テクニックに身を置いて考える。日めくりカレンダーの翻る紙が山になっている。ところどころ拾い読みをしてもまだたどたどしい、波打つ穂の出た穀物畑の話が多い、そして抽斗に没頭してそれを理解しようとする、なぜならこども時代のわたしは穀物畑を知らない、知っているのはさくらんぼ、野鴨、牧草用の草原、ピラミッド型の山だけで、郷愁は、わたし自らが経験しない前に、父を通して知った言葉だ。それは父の波打つ穀物畑への郷愁、夏の夜の散策への郷愁だった、そしてかれらが丈高い穀物畑で眠ったこと、そして囁く穂の海でのこの眠りは最高の自由に思われる、わたしがいくら抽斗の奥深くに潜りこんでも底にまでけっして届かないだろう。草刈り人夫の話を、夕方が来るたび、日めくりカレンダーの紙が語る、そして父が穀物畑へ帰り、ついに永遠に穀物畑の波間に眠り、薄い皮膚の鳥顔を夜の星座に向けたときも、わたしはまだ自分の目で穀物畑を見たことがなかった。

ほとんど一日じゅう屋根裏部屋に居ずっぱりだった。国境の交通の潮が引いた後には、燕たちが塔の回りを飛ぶとその羽音が聞こえるほど、今のように静かなことが多い。ときどき窓辺にじっと凭れていると燕が一羽屋根に止まる、それから耳元近くに、わたしの中を抜けそうに、燕返しが迫る。ヴィクトリアさんがベッド回りに吊り下げていたビニール袋の位置を換えた。何かの警告なのだろうか。夕風が湖上を渡り、表面のちりめん皺を跳び回る閃きに変える。砂洲からギリギリと音を増すのは、砂地に引き上げられたボートの索具だ。一羽の鴨があちこち道に迷った挙句、水路から猛烈なスピードで飛び立つ、その水路が急に激しい勢いで湖に流入するところ、あそこが黄色のホテルに避難する前のわたしたちの最後の戸外宿営地だ。わたしたちはまだ日なたで温かい砂を掘って潜り込む。頭上にボートのマストが揺れ乱れる、この嵐の前触れの音は、それが索具の中なのかそれともわたしたちの頭の中なのか、そして両手はもうすでに冷えてかじかむ、だのに不安は怖いほどに過熱するばかりで、わたしたちの間の障害は天にまで伸びて、もうどうすることもできない。もっと深く潜り込もう、あなたの中に、砂の中に、愛に対しても死に対しても無力なこの中へ。夜ケルビムの歌が聞こえる。

塔の二十二日目

昨晩、ぎょっとする瞬間があった。プラットフォームに出ると、ヴィクトリアさんと建築家が自由広場を立ち去るところで、急いだ様子はないが、といってお互い話を交わす風でもなかった、もっとも彼らの背中から推察していただけだが。不釣り合いなふたり連れ。ヴィクトリアさんの姿は、黒の長いコートに鍔広の帽子をかぶる建築家の横ではかなり小さく見えた。建築家は立ち止まることなく、アメリカンバーのある通りへ曲がった。ヴィクトリアさんはアルハンブラへ消えた。彼女に何か聞きだそうとしたのか。彼らは偶然出会ったのか。それともヴィクトリアさんは屠殺場と関係があるのか。もしかするとだんだんわたしに危険な存在になるかもしれない。何か考え出さなければ。例えば、具体的にヴィクトリアさんの仕事を。

プラットフォームが激しく揺れている。これはすでに秋雨をもたらす風なのか。外から見えない側の塔の壁にぴったり凭れて、例のグリーンのプラスチック容器を手にして座っている。やっとの思いで数口呑み下しているだけ。数日前からああ何か甘いものが食べたくてたまらない。ところで今日のポレンタには波状模様は刻まれていない、その代わりさまざまな三角形、同辺の鋭角模様がある。それをどう受け取ったらよいのだろう。目でカテドラルの巨大なバラ窓のある正面を追う、しかしそれは上り坂の丘の上にあるのに、波止場にあるホテル群の後ろに隠れてわたしから見えない。水辺のここに座った位置では低すぎるのだ。目を瞑ってカテドラルの両脇入り口を出入りする、左からも右からも。そこはもっとも華奢な寓話の動物で賑わっている。暴風に吹かれたようなアカンサスの葉の陰にタツノオトシゴは隠れ、りんごはたわわに積まれた高脚杯から転がり、鳥たちは枝と蔦の中に巣作りし、上手に隠れて泡立つ葉と一つになる。この鬼火のような戯れに両手を突っ込むのが面白くてしょうがなかった、ミソサザイを捕まえ、そこからタツノオトシゴへさっと手を伸ばし、アカンサスの葉を摘まんだ。というのも正面玄関そのものが食べられる、グロテスクな形に変わる脆い生地なのだ。わたしの傍ら、レストランも兼ねた旅館の薄暗いキッチンに座っているのはサルディニア出身の女将で、わたしと同じようにこの辺鄙な峡谷に流れてきたのだ。さっと器用な指先でパート・ブリゼから葉っぱ、ロゼット、鳩を作り出す。孤独でやる気も失せそうになると、彼女はいつもパート・ブリゼを捏ねて、遊び心に富んだ形を考案する。そして夜霧が谷を上り、栗の木森に最初の猟銃の弾が響き渡る頃には、彼女は塩を混ぜるのではなく、砂糖とアニスを生地に混ぜ込む、そしてわたしたちは二人して全部平らげてしまう、葉っぱも、花も、小さな鳩のつがいも。澄んだ秋の夜、遠く丘陵には、アーチ型のファッサードを持つ捕鳥塔がくっきりと見える。鋏で切ったように塔は空に浮かび上がる。バルコニーの端に角部屋に通じるそのドアが開いている。あそこにはぽつんとその白い乳母車が置かれている。夜の明けさ《さや》は冴え渡り、乳母車のチュールの覆いが幽霊のように光っている。しかしまだ乳母車は空だ。

膝にポレンタ容器を載せたまま眠ってしまったに違いない。ヴィクトリアさんが肩に触れた、驚いて飛び上がる、すっかり濡れてるじゃありませんか！とヴィクトリアさんは叫んで、わたしをプラットフォームから引っ張り上げる。波が塔までも叩くことに気がつかなかったんですか。実際服は濡れて体に貼り付いている。笑って首を振る。子供のころから慣れているの、うちの近くの湖は、どんなに不気味な緑色で、しかも山に囲まれて嘘のように静まり返っていても、フェーンの嵐が襲えばひとたまりもなく岸辺は荒れたわ。そういう十一月、ナショナルサーカスが湖畔で出張公演をしたある日、白昼、三頭のリピッツァナーの馬がパニックを起こし、柵をみな蹴飛ばして叩きつける波に向かって突っ込んだのよ。人々の間で波頭と闘う白馬の恐ろしい光景でもちきりだった、その二日後やっと死体が陸に引き揚げられたの。ところで、ナショナルサーカスが間もなくこの町へやって来る、ここが冬宿営地へ移動する前の最後の滞在地なのね。ツアーの最終公演はたいてい一番華やかなもの、ヴィクトリアさんはサーカスの、とふと思いついて尋ねる、仕事に応募してみる気はないかしら。

ヴィクトリアさんは疑わしそうにわたしを睨むので、明らかな不同意に等しい。他の職種には見られないほど役所は、と勢いよく話す、非常に好意的で、ナショナルサーカスの認可について気前がいいの、だって外国人従業員の配備なくては全然維持できないからでしょう。二十ヶ国近い人が芸人やチームにいるそうよ、動物の飼育係は例えばほとんど例外なしにモロッコ人、テント組み立て係はポーランド人ね、もしかしてわたしには象のブラシ掛けがいいと思ってませんか、とヴィクトリアさんが遮る、それともテントを敷設するとか。むろん女性の数はこの仕事では少ないけれど、と譲歩する、でも巨大な車両の駐車場を忘れてはいけないわ。あそこの中央はキッチン、いわゆる食堂車で、ここでチームと芸人が毎日二回温かい食事ができる、ここでも助手は全員が、人伝えに聞いていることには、きちんとした詳細な労働契約書を持っているし、共同の食事はナショナルサーカスの管理にとっても重要なんですって、それどころか出身による差別発言は厳禁されていることもあるから、それこそ平和な共同生活の鍵だ、ナショナルサーカスの食堂車ほどすばらしい食事ができるところは他にどこにもないよ、と町で言い切る人もいるそう。

ヴィクトリアさんは寝ましょうと急かせる。彼女が階段を上りかけたとき、漸くわたしは内出血の痕を左腕に見つける。殴られたの！正当防衛なの！止むに止まれず屋階まで追ってしまう。ヴィクトリアさんはやや面倒くさそうに毛布にくるまる、まるでちょっとでも動くのが大儀なように。しかし怒った目つきでわたしが言いそうな問いを封じ込める。途方にくれ窓辺に凭れる。波は相変わらず塔に打ちつける、しかし遠く北にぼんやりとだが、一番星が揺らめく。そしてまたサーカスの話に戻し、ヴィクトリアさんに語る、毎年毎年わたしたちはもう暗くなったお墓を通ってサーカスへ行ったわ、おかっぱ頭で黒いひざ当てと肘当てをした少女とわたしが、なぜってナショナルサーカスのテント広場は市立墓地のすぐ裏にあるから。万聖節も終わったばかりの頃なので、至る所お墓の上にキャンドルと電灯が灯っている、その赤い光が糸杉の間から覗くサーカステントの電球のガーランドと混ざる。お墓の立像は、普段悲しみに沈んでピラミッドに凭れたり、英雄的なポーズで台座にそっくり返っているんだけど、それが生き生きして互いに話し合ったりする。サーカステントから序曲のファンファーレが、多数の小さい炎が揺らめく死の町の上空に響き渡ると、彼らも自分のレパートリーを演奏だというわけ、一生をかけ覚え込んだレパートリーを空中ブランコで、跳躍用踏切板で、奇術あるいは腹話術で、奇術師あるいは猛獣使いとなって演奏したいと考える。おがくずと綿菓子の匂い、焼けた巴旦杏の匂い、そして象の厩肥の匂いは、サーカスから伝わるのか、それとも開いたお墓から来るのかしら。おかっぱ頭の少女は待ちきれないとわたしの腕を引っ張る。さあ行こうよ、死の町はおしまいにしてきらきらテントへ、サーカス演技場の光の円錐に行こうよ。しかしやがて最後の拍手も潮が引くと、夜わたしたちはお墓を通って帰宅する。立像はみな自分の場所をまた確保した。彼らの囁き声は沈黙し、閉じた墓標板の上の上演小道具は石と化し、冬空に向かう目から光は失せた。ヴィクトリアさんは咳払いをする。毛布をもっときつく首まで引っ張り上げる。月は煌々と照らすので彼女のスニーカーが影を落とす。むろんわたしはヴィクトリアさんに去ってもらいたくない。

塔の二十三日目

目を覚ますと、ヴィクトリアさんがわたしのベッドの頭の端に座っている。狼狽《うろた》えて体を起こし、誰かがノックしてきたの、と訊く。ヴィクトリアさんは否認する。高地にはまだ二つ目のコンドル祭りがあったんです、お話ししましたっけ。こちらはまず状況判断する必要があるから、不安で塔のドアを見遣る。このお祭りに、とヴィクトリアさんは気にも留めず始める、お祖母さんはわたしの唇に、ぎらぎらする日差しの日焼け止めにバターを塗ってくれた後、家からわたしを押しだすようにしたんです。今度もまた村中が大騒ぎ、物売りたちの叫び声、コカ茶と炒りトウモロコシの匂い。ただしみんなの衣装はさらにもっとカラフル、もっとピカピカ、特に赤ときたら燃えるような赤なの。お祖母さんたら、今まで見たことないように興奮して、わたしを人ごみの中に押したんですよ。とうとう父さんまでがフルートのキンキンする調べを奏で、それがじきに高音になってむしろホイッスルに似てるんですよ、その父さんがわたしを肩車してくれる。ほら、また来たぞ、コンドルがって！巨大な体躯のコンドル、黒い羽毛が全身ほとんど輝く紺色。しかし今回は男の人ふたりでもコンドルの第二風切り羽根を抑えつけられない、そしてコンドルは雄牛の背中に縛り付けられている、その雄牛ときたら輪になった人々の真ん中で暴れ回っている。そして暴れる雄牛が頭の向きを変える度に、コンドルは鋭い爪で雄牛の目と耳をつつくから、雄牛はもう全身血だらけ、今度は唸り声をあげて地面を転げ回り、コンドルから逃げ出そうとするの。人々の群れが叫び声をあげる間、わたしはひくひくと目を瞑る、吐き気がする、首を絞めつけられるよう、すぐどっと父さんの髪を汚してしまいそう。するとお祖母さんがわたしを揺する、ごらん！コンドルは自由になった！あの上空、空高く飛んで行ったよ。でもわたしの目にしたのは輪の中のずたずたに引き裂かれた雄牛だけ。

ヴィクトリアさんは立ち上がって、そのほか一言も口を利かずに塔を出る。何を言いたかったのだろう。中階の採光スリットから覗くと、黒の雄猫がプラットフォームにまたもやポレンタ容器に近づく。猫はちょうど平たく木板に体を押しつける、お尻に痙攣が走る、尻尾さえ極端にぴんと張っていて、空中を水平になぞっている。雄猫が跳躍を始めないうちに階段へ降りる。何か生きものを体に抱きしめたくてたまらない。しかしむろん今朝も猫を腕に抱くことはできない。猫はひょいと肩によじ登り、わたしの頭を齧る。外の湖上ではグリーンの足漕ぎボートがゆっくり半円を描いて、塔の回りをカタカタ進む。黒の長いコート姿の建築家がそれに乗っていることに、むしろ気がつきたくはなかったのに。そして波止場に、プラタナスの下でほとんど隠れそうだが、事務官までもが書類をぱらぱらめくって立っている。大きく手を振ると、待ってましたとばかりに大急ぎでプラットフォームに近づく。夜の光りの環が町の上空にあるというプレゼンテーションはどうでした?と訊く。事務官はどうやら別の質問を待ち構えていたらしく頭を掻く。苦労しましたと言う、笑い者にならずに済みましたが。その際、地上の恒常的照明の人工衛星データから構成した写真を幾枚も提示しました、われわれの緯度のところがまるで燃えるベルトのように夜の地球に巻き付いているのですから!湖上を見遣ると、グリーンの足漕ぎボートが、わたしの目を逃れるように、相も変わらず、いや今は少しばかり遠巻きに、カタカタいっている。事務官はわたしの視線の先を追う。建築家はいつから足漕ぎボート乗りが気に入っているんですか?と冷静に訊く、彼の背の高さからすると足漕ぎボートにかなり体を無理やりに入れなければなりませんよね。確かにそうです、と事務官は不機嫌も露わだ、そして最近われわれは、あなたばかりでなく、建築家までも監視しなければなりませんか、なにしろ彼はある程度時間の経過後、塔に点火する考えを持っていますから。まさかそんなにすぐじゃあないですよね、といきなり熱くなって言う。事務官はまじまじと見つめる。危うく彼の両手を掴みそうだった。塔の中はまだかなり暑くて、とわたしは悲鳴混じりだ、それに毎日ビジターが来るんです。きっと建築家の脅しにすぎませんよ、と事務官は宥めにかかる。彼の足漕ぎボートが何回も来るとは、確かに彼が燃える塔のイメージを得たいという感じがしますが、しかし昨日突然市役所にやって来て、まるで違う考えを表明しました。彼は自分が称賛するバロック建築師の下書きについて述べました。このバロック建築師の破棄を逃れた設計図の一つのことですが、建築師は自分の最後の幾枚もの設計図が模倣されることを恐れて、自分から剣に激突し、剣が全身を貫通する直前に、それらを燃やしたというものでした。この下書きときたら、ひどく弱弱しいスケッチで、と建築家は叫びました、本当に丸屋根しか描かれてないが、しかし丸屋根でもない。全面がアカンサスの葉で覆われている、でもそれが石に鑿で彫られた葉なのか、それとも本物の葉なのか、区別できそうもない。現在とは捉えようとしても捉えきれない、しかるに時は冷酷に流れ去る、この身を食むような感覚を持っていた建築師なんぞ、他にだれもいなかった、だから彼の建築物が将来倒壊することは彼の設計図にすでに見込まれてさえいると。だから、と昨日建築家は言いました、自分は万が一にも塔に火をつけるつもりはない、むしろ自然に任せたいと。事務官は興味深そうにわたしを観察した。だがわたしは憤然として訊く、いったい建築家はよく市当局に姿を見せるんですか。すみませんが、と事務官はよそよそしい、会議が待っていますから。

午後遅くになっても塔の記録文書に集中することができなかった。もう屋台骨に火が上がるパチパチ音を聞いた気がして、矢も盾もたまらず逃げ出したい思いに駆られる。ここを出て、波止場を去り、自由広場を越え、まっすぐ開店中のバーへ行くのだ。あそこなら、牛血色の高い天井の下、回廊のような部屋に腰を下ろしたい。よくトイレに通じるドアが開いていて、後ろ庭から来る黴の匂いと湖の匂いが混じり、軽い隙間風が生じる、そしてバーの巨大な壁を前に一杯呑めば、自分の人生のコード化された旅の写真の貼られた両開き祭壇を前にしたような心持ちがする。ヴィクトリアさんが、取り決めたドアノックの仕方でわたしのいる中階に来た、わたしは書類を片付けないまま目を挙げる。ヴィクトリアさんは横に座るのかそのまま屋階へ上がるべきか、決めかねている。ヴィクトリアさんってときどき、と尋ねる、お国の知人の人たちと会ったりするの？彼女は探るような目を向ける。めったにありません、と拒むような返答だ、そして一呼吸を置いて勢い込んだ、いいえ、ないです、昔、赤キャベツを腕に抱えて毎晩道路の端にしゃがんでいた頃、この一体感が外国で失われてしまうなんて思いもよらなかったです。わたしは散らばった記録文書をさっとかき集める。さて彼女に捕獲ネットについて話したか、話していなかったかしら。地面に広げた野菜にどんな値切り方があったか、とヴィクトリアさんはさらに続ける、はしゃいで値切ってもほとんどだめ。もちろん後ろから赤キャベツを盗むコソ泥もいたけれど、それは赤キャベツをさつま芋と煮ると、それで数日間は生き延びられるから。それでわたし、結局赤キャベツをすべて体に押し付けて道路端にしゃがんでいた。暗くなってやっと、最後に残った赤キャベツを真二つに切った、今でもキャベツの白い筋が光るところが見える、まるで世界へ延びる道路のようなの。わたしは呆然とヴィクトリアさんを眺めている。燃える塔の姿がまた目の前に浮かぶ。もしプラットフォームで足音が聞こえたら起こしてくれる?ヴィクトリアさんは額にしわを寄せる。誰か待っているんですか。プレートを換える必要あります?いいえ、ないわ、と手を振って階段へ向かう。おやすみなさい。

塔の二十四日目

それは今までで最も不安な塔の夜だった。真夜中後すぐ起き上がって、もしや落ち着けるかもしれないからと、冷えたポレンタの残りまで食べた。しかし眠りに入るや、強い衝撃でプラットフォームがグラッときた。錨綱が力ずくで引っ張られ、強い大波にたちまち塔は鷲掴みにされて、湖へ追いやられた。計画されただけの水路、半分しか築かれていない水路、あるいは過去の世紀に土砂で埋まってしまった水路、つまりかつての水路はみな遠い海に向かってまた開かれてしまったのか。とっくにわたしは湖を離れていた。一陣の強風に前に押しやられ、煙を出す工場煙突、居住地域、明るい白樺の森、原子力施設、米畑を打ち過ぎた、さらにその先鈍く光っていたのは丸屋根、宮殿、海辺の町のオリエンタル風の塔だったのか、詰まるところそれは屋階に忘れられた皮鞄のシールだったのか。しかし町の灼熱色は日没から来るものでなかった、違う、それこそすでに塔から赤々と燃える炎が映っていたものだった。プラットフォームに平たく体を押しつけ、もうもうたる煙から逃げようとした。すると突然数メートル離れたところ、小さな筏の上に肘と膝に黒いカバーをつけた少女を発見した、髪は腰まで伸び背をすっかり覆っていた。こちらが声を限りに叫んでも振り返らず、小さい筏に乗って急速にわたしから離れ、もう公海にまで達していた。死に物狂いで飛び込んで追い付こうとしたが、かえって炎で照らされた波に呑まれ、叫ぼうとしても今度は大量の水を頭からかぶり、水は口まで達した。

目を開けると、炎のパチパチカサカサ燃える音は塔の中では聞こえなかった。ただ仄かな曙光がわたしのいる一階まで降りてきた。ベッドを離れて階段の丸窓から上を見上げた。金縛りにあったように息を止め、ほんのわずかも動けなかった。高みからわたしの方へ身を乗り出したヴィクトリアさんの顔がはっきりと捉えられたのだ。顔が解いた髪に覆われていたので、眼差しは分らなかった。それでも執拗な観察に曝された感じがしてどうしても目を瞑ってしまった。改めて見上げたとき、ヴィクトリアさんの顔が消えていますようにと願った。しかしまだあった。塔の中は静謐そのものだった。まだ眠る街からは何の音もなかった。のろのろとベッドに戻った。なかなか寝付けなかった。朝の始まる頃やっと眠れ、それから目覚めたものの、時すでに遅く、もうヴィクトリアさんの姿は塔になかった。

たった今ろうそくのストックをチェックした。こんな大量のろうそくは危険物だわ。とっさに全部湖に捨てようと決める。トイレはもう読書室として使っていない、それにヴィクトリアさんとわたしは互いに顔を見分けられないまで長時間話をすることに慣れてしまった。緊急時には事務官に懐中電灯を頼めばいい。ろうそくを全部かかえて、街と反対側の塔の後ろに移動する。グリーンの足漕ボートなどまったく見たくもない。湖に垂れさがる公園の楓から、季節最初の落葉が波の上を滑る。一見塔の記録文書を読み耽る風をして、ろうそくを一本また一本と水中に落とす。一艘の船が南から近づく頃には仕事を済ませていた。屋根裏部屋に上がっても期待していたほどの安堵感はない。このばかばかしいろうそくは、認めたくないにしても、やっぱり夜の心の支えになっていたのかしら。ヴィクトリアさんのTシャツが窓シャッターの留め金にぶら下がっている、ああどうしてだろう、今更ながら見つめてしまう。あの褪せた赤紫色に光るのは、母がフライパンに白パンのスライスを入れ、その上にのせた潰れた苺の果肉ではないかしら。母は慎重にジュウジュウいう油の中であちこちに揺する。母の探るような視線ですぐ気付く、わたしが何を見てしまったか母は知っている。母はわたしがもしかすると屋階にでもいると思っていたか、あるいはわたしの好物でキッチンに呼び寄せるつもりだった、でもわたしは庭のあじさいの茂みに隠れていた。それで母と二人の男たちとの激しい口論を聞いてしまった。彼らは草地を越えて、この庭のもっとも堂々とした唐松に近寄った。唐松は他のすべての木よりも高く聳え、そしてまばらな樹冠は、今年カササギの巣で黒く汚れてはいるが、まだ明るい夕空に届きそうだ。男たちは靴に木登り用爪つき金具をつけ、唐松の幹をよじ登る、母の激昂した声が聞こえる、あんたたちは夫の不在をいいことにして！そして玄関扉がバタンと閉まる。男たちはしかしその間に信じられない速さで天辺に達した。突如庭の四方八方から飛来するカササギの多声の興奮した悲鳴が響く。ところが男たちはすでに巣を掻きまわし素早く掴み、何か団子状のものを空中に捨てる、今に連中だってカササギの猛烈な羽ばたきにもう身を守れないに決まっている。と急いで草地へ出る。空から小さなまだところどころ裸の鳥の体躯が降ってきて、地面に当たってめちゃめちゃに潰れる。数分で草地は一面血だらけ、痙攣するヒナでいっぱいだ。腑抜け状態で、孵ったばかりの鳥たちの死闘を見遣る、さらに頭上でガーガー鳴くカササギの糞を浴びてしまう。唐松の天辺を見上げるが、しかし目の前が翳《かす》む、男たちのシルエット、ふわふわと落下する最後の綿毛、黒紫の尾羽。そしてそれからわたしは突然キッチンに立っている、母は夕暮れの光のなか、終始無言でフライパンの苺スライスを揺すっている。しかし白パンには潰れた苺が載っているのかそれとも血まみれで湯気立つ鳥のヒナが載っているのか。しかし数年後話してくれた母によれば、あの恐ろしい夕方に呆気にとられたのは、なんといっても、わたしが震えながらキッチンに立ち、目を見開いてじっと苺スライスを見つめ、いきなり歌い出したことだったという。

中階で昼寝をした。ここの木の床が今一番温まっている、それでそのまま横になってしまう。この時間、幾度かまだビジターがやって来そうで、ともかくドアを叩かれても声をかけられても、交通騒音のように無視する。ヴィクトリアさんの来るのさえ聞き逃してしまい、それで階段がギイギイ小さな音を立ててやっと彼女が塔にいるのに気づく。砂洲に行ったの?と不用意というかふざけて訊く。他のところにも行ってましたけれど、とヴィクトリアさんは言う。そして間を置いて、向かいにある波止場側を手で指しながら、あそこのホテルの廃墟に接して建てられた古い教会には、わたしのお祖母さんの高原を備えたアーチ型廊下があります。いわばですよ、とヴィクトリアさんは笑う、わたしが彼女を怪訝そうに見るから。廊下には無論すごくたくさん木が描かれ、風景がそれでもパンパみたいなところがあって、家々がわたしのお祖母さんの村みたいに白く光っています。しかしむろん絵はエルサレムです、なぜってソロモン神殿と書きつけられているから、でもエルサレム、この華やかな都会に人っ子ひとりいなくて、不気味な荒涼とした感じがします。アーチ型廊下のもう一つ別の側だけがわたしは好き、市壁の外の丘陵が描かれ、しかも高原でいつもあったらなあとみんなが思うたくさんの木が生えているからです、そしてそこに人間が一人、唯一の人がいるんです！覚えていますか？わたしはかなり鈍く見えたに違いない。ヴィクトリアさんは続ける、この描かれた地上のただ一人の人間ですよ、振り向くしかありません。そしてその人も顔をこちらへ向けました、数時間もよくその人と話をするんです、高原のこと、お祖母さんのこと、山羊のことを訊くんです。なぜいったいその人の近くの家はみんな倒壊したのか、あるいは落雷にあったように裂けてしまったのかって。その人間にもソロモン神殿と同じように記載があり、下に肉太の綴りでユダとあります。その人はそう静止して綱にぶら下がり、両腕はだらんとして、地面には硬貨が散乱しています、その人は黒いマントを纏っていて、下から衣が見えます、黄色の衣ではないかしら。

ヴィクトリアさんの問いに何も答えられない。暫くして彼女は押し黙ってしまう。でも彼女はまだ中階でわたしのそばに座ったままでいたいのだという気がする。それとも塔の話の続きを待っているかしら。しかしわたしはなんとなく放心状態だ、なにかに迫られ、ヴィクトリアさんの後を追って町をあちこち、わたしが見たことのない彼女の知る場所へ回っているようだ。ヴィクトリアさんは早々に屋根裏部屋へ上がってしまう。わたしは眠れないで輾転反側する。真夜中カサカサいう音で目覚める。音は屋根裏部屋から来るらしい。ヴィクトリアさんはいったい何をしているの。慎重に静けさを破るカサコソパチパチは一向に止まない。ヴィクトリアさんはビニール袋を整理し直しているのか。これ以上眠っていられない。上がやっと静かになってプラットフォームへ出る。ほど遠からぬところに灯りが一つ黒い湖上を滑っている。すぐさま目を凝らす。しかし足漕ぎボートではありえない。オールが打つ低いピシャパシャが聞こえるだけ。しばらくしてから分かった、灯りの弱い辺りにしゃんと座り、とがった耳をした、あの小さな黒いシルエット。

塔の二十五日目

ヴィクトリアさんが今呼びはしなかったか。また寝過したか。すでに塔の中は徐々に明るくなる。改めて屋根裏部屋から、はっきりと彼女の声が聞こえる。さっと服を着て駆け上がる。ヴィクトリアさんは開いた窓辺に立っていて、まだようやく赤い縁どりが水平線に見えるにすぎないが、しかし彼女の眼は朝日を受けキラキラしている。思わず知らず彼女のベッドの周りぐるりのビニール袋に目が行ってしまう、位置が微妙に変わっているが、そこから何のメッセージも受け取れない。ヴィクトリアさんが訊く、日の出前に鳥の捕鳥場の説明をしたくないですか。今ごろ自分が彼女のベッドに座っていたことに気付く。わたしたちどこまで行っていたかしら。ヴィクトリアさんはゴムバンドを項の毛の周りでいっそうきつく巻く。回廊、樹木の回廊について一度話しませんでしたか。樹木の回廊ね、無論したわ！とわたしは叫ぶ。ハッと飛び上がった、そして少し落ち着きを取り戻し、だが始める気持ちに駆りたてられたように言う、樹木の回廊は根本に関わるもので、その技巧的な配列があるからこそ鳥の捕鳥場になる。捕鳥場は、むろんと言えばむろん、観察塔の造りからしても、裕福な家だけがそうした場を所有に出来、一方農民は原始的な網、投げ縄、鳥もちを塗った小枝で甘んじたと考えられる。貧困のために人々が移住せざるをえないような人里離れた峡谷には、大きな鳥の渡りの立ち寄りはいずれにしろなかった。だから、食べるものと言えばポレンタしかない、あったとしてもポレンタに雲雀の焼き鳥を乗せるだけのもの！ヴィクトリアさんはこちらをじいっと見ている。わたしは窓へ行って灰色の湖上を指差す。ほら下の辺にたまご型かまん丸の土地を想像してみて、二列の木立か二列が幾層にもなっている木立、ブナかオークで、落葉が遅くて、渡り鳥に保護の期待を抱かせるように植林されているところ。下枝は四つ目垣のように刈りこまれ、窓のような隙間があき、疲れた鳥たちが飛び込みやすく、飛び込みたいようになっている。事実また彼らは中に入ると、鳥籠にいる囮の鳥たちの呼び声を耳にする、ネズの実やナナカマドの実や月桂樹の実が光っている、しかし上枝はもう四つ目垣風に刈り込まれていない、枝はびっしりと密に生え、いわば樹木の回廊は抜けられないトンネルに変っている。もう鳥たちはトンネル内の緩いネットやきついネットにかかってしまったので、下の四つ目垣の窓にしても、もう逃げ道にはならない。ネットのことは話さなかったかしら。

ヴィクトリアさんの目はまだわたしに向けられている。視線に耐えられない。窓に凭れる。景色がきらきらしているわ、そしてこの、北風を告げる風の吹き方ったら、きっと晴天だわ！と呼び掛けると、ヴィクトリアさんはもう階段の踊り場に行ってしまった。もう行かなくちゃと小声で、わたしにというよりは自分に向かって言う。それでやっとのことで見ていると、ヴィクトリアさんは階段を下り、髪の束が垂れた項に掛かる、髪を束ねたときにすり抜けたらしい。音を立てずに遠ざかるので、プラットフォームを歩く音も聞こえない。まだ一度も塔を出るときの後姿を見送ったことがない。今日こそと駆け付けて中階の採光スリット越しに覗く、がヴィクトリアさんの姿はもうプラタナスの下へ消えている。向かい側にある波止場の側は今陽に照らされている。ホテルの一つ一つの輪郭がくっきりと見え、松の木々、そうあのわたしたちの緑のラクダ、に囲まれたわたしの長方形のレモンハウスまで見える。目を瞑って、入口の椰子の葉音を聞く、細長いバルコニーのラタンチェアは移動され、白いカーテンは外に膨らんでいる。もうほとんど使われない音楽室にはホテル創設者の色褪せた写真が掛かっている、この人と同じガルバルディ派だったわたしの曾お祖父さんは、シチリアまで赤シャツを着て進軍し、歓声を挙げて歓迎されると同時に絵のように美しい案山子とからかわれた闘士、時には蛮勇と恐れられ、時には夢見る人と軽蔑されていた。今音楽室のピアノは調子を狂わせ、鍵盤は黄ばみ、内部のハンマーのフェルトはふけのように絃の間からハラハラ落ちても音は聞えない。外の波止場の交通は轟音を立てる。わたしたちは三本松の下で待ち合わせをした、湖上には一筋の光のみ、間近に迫る日食を示すものは何もない。緑色の貯蔵びんを通しておまえを見るのよ、太陽を見るつもりはないわ!と笑ったのだった。しかし母の地下室のビューラッハの貯蔵瓶は最後の瓶もなくなってしまった。もうただおまえを腕の中に抱いているだけ。わたしたちのそばを来る車、来る車が、いつもよりスピードを上げて通り過ぎる気がする、だが俄かに世界は静止する。湖はいつのまにか光を失う。黄色のホテルは色褪せ、松の緑は色鈍くなる。輝く窓ガラス一枚すらもなく、町は灰色だ。突然の冷気にわたしたちは震えあがる。ほんの一瞬だがこう感じる、世界は消滅し、それとともに一緒の生活時間も終わりだ。そして狂おしい悲しみの予感に打ち負かされる、が耐えて生きる人ならばあえてこの悲しみがどういうものか考えたりはすまい。

午後北風が強くなる。円錐形の山々、町の屋根のアンテナ、波止場の数本のプラタナスの一本一本が、まるで何もかもがこちらに近づくように、くっきりと姿を現し、背後の空は抜けるように青い。その向こう、ホテルの廃墟の横に蹲った格好で、ヴィクトリアさんの言う古い教会、つまり取り壊した修道院の残骸もいつもよりはっきりと見える、修道院の基礎壁内の孤立したいくつもの僧房を繋ぐ廊下を見れば、そこから今焼け落ちたホテルの廊下が生じたのだと読み取れる。しかしヴィクトリアさんはお祖母さんの高原をどこで見つけたのか。彼女は真っ直ぐ教会内陣のフレスコ壁へ突き進んで、三つのアーチの下を抜けて行ったに違いない。他方わたしはどうしてか、どの教会でも足を踏み入れるや、すぐさま後ろ壁の方を振り向いてしまう。いつも小さいときから、急にぐいと中央入り口が押し開けられる気がして振り返る。歌ミサに連れて行ってくれた父は、始終振り返ることなど思い付かず、ときどきわたしのほうを見下ろす。父はわたしをつれて男子側の一番後ろの席にひざまずいた、父は市参事会員席の列に並ぶことなど決して思い及ばないだろう。それを時々残念に思うが、それは肘掛が子どもには背が高すぎて、むしろ木製のカラーのように首回りにあたるからではない、しかし市参事会員席は、洗礼盤の横を通り、小扉を抜けると行き着けるところで、実は小扉には閂がついているから、市参事会席はまるでおもちゃの家にいるように閉じ籠れる場所なのだ。この小扉をいじっていろいろしたかったなあ。しかし父はわたしを連れて、辺鄙な農家から下りてきた農民たちのいる一番後ろの席に紛れ込む、とわたしは香煙の雲に包まれる。鼻を突く馬小屋と、たばこと、樅の木の樹脂の臭いだ。放浪者伯爵が中央入り口にいつ現れるかもしれないから、時々用心して首を回す。父とわたしのいる場所は、確かに教会身廊の天井を支える巨大な支柱の一つのすぐ後ろでない、巨大な支柱はどれも巻き付く花木と迫り出すコーニスで装飾されている、とはいえわたしたちの居場所から、淡紅色の化粧漆喰製の中央祭壇はやはりとても遠い。ごくたまに珍しく陽が差し込むと、金色の地球が一瞬輝く、その遠く上方に絶えず自転する地球を支えているのは一人のプットだ。天井絵画も遠すぎて、雲の塊の中の天上の騒ぎをほとんど理解できない。他方二階のオルガン席はわたしたちの頭の真上にあり、下の桟敷席は中央通路へ向かってだんだん低く広がり、手すり格子もその唐草模様も煌《きらめ》いている。悲嘆と歓声がオルガンで膨らむと、またわたしは振り返る。放浪者伯爵は中央入り口に現れず、入り口はちらとも開かなかった。幾度も振り返るうちに、入口の脇の油絵に描かれた黒い衣の男、両肩に貝を散らした海辺の男の人と親しくなる。彼はほとんど絵から飛び出さんばかりに威風堂々とした姿で、足元の子どもは懇願するように彼を見上げている。しかし背後の遠くの空は深紅に燃えているのだ!空が写っている海の縮れた波は、水平線上に、姿は見えないが、仄かに光る半透明な船を載せている。日没なのか朝焼けなのか。絵から飛び出さんばかりの男の人はわたしの父だ。わたしは父の公の場での登場を体験したことがなかった、そのかわり他人が見ていないときに、時折父が見せた沈んだ眼差しを知っている。足元にいる縮れ毛の黒人の子ども、光る真珠と銀色の椰子の葉でできた腰巻で着飾っている子はわたしだ、お別れに両手を挙げる、だって水平線からもうググッと魔法の船が近づくからだ。そして「ミサは終ります。行きましょう《イテ・ミサ・エスト》」が鳴り止むや、わたしたちは立ち上がり、中央入り口は開く、それでも放浪者伯爵は現れない、しかし船は朝日を浴びて接岸した、そしてわたしを船旅に連れ出す、わたしは、旅路の果てがどこか知ろうとしない。

昼と同じく、夜もまた冴え渡っている。風は治まった。波止場の灯は、静かな光の細帯を水中に投げている。ヴィクトリアさんは依然として戻らない。

塔の二十六日目

樅の木板の隙間から明るい細い帯が幾本も侵入する。聞き耳を立てずに服を着、一度も階段の途中で立ち止まらず、屋根裏部屋へ上がる。ヴィクトリアさんのベッドは手付かずだ。固唾をのんで、皺を伸ばしたシーツを見詰める。いったいこのままわたしが立ち尽くすのか、それとも全世界が非現実になるのか。彼女のベッドから視線を逸らせられない。ビニール袋はどれ一つなくなっていない。無意識に窓シャッターを開ける。東に大きくはっきりと、明けの明星が輝いている。漠とした不安に捕らえられる。町の始発バスは到着し、ブラインドは巻き上げられる。そのまま長い間、屋根裏部屋の窓辺にいる。明星は褪せ小さくなり、もうわずか燃える針の先のようになり、ついに暁に消える。高空は透けて見える、しかし山の向こうから炎に縁どられた雲が上る。一階に下りてブリオッシュを一つ食べる。喉が締め付けられて、ラップフィルムの半分を食べたことに気づく。ドアには入室お断りのプレートがきちんと掛かっている。トイレで塔の文書を棚から取り出す。一気に千切ってトイレに捨てようとするが、思い止まり、それを手にプラットフォームに移動する。朝じゅう町と反対側の塔に凭れて座り、文書の紙を千切っては水上に撒く。あちこちから、鷗が興奮した甲高い声を上げて突進し、さっと千切れた紙の上を漂ったかと思うと、髪すれすれに塔へ向きを変え、また飛び去る。その後わたしは真新しいシーツをくしゃくしゃに丸めて汚れ物の中に放る。ヴィクトリアさんのベッドシーツは敷いたままにしておく。

気乗りしないまま、午後、グリーンのプラスチック容器の中をつつく。妙な線が今日のポレンタの中に引かれている。大きさを変えて円を引いたのだろうか。塔文書を千切りながら、ぼおっとしていたに違いない、とはいえ、生きたまま捕縛された鳥たちの移送の頁が本当になくなっていたことに気付いた。そして詳細は少ししか覚えていないけれども、まさにこの頁が、書類の破棄する際中にも、執拗に脳裏を離れない、鳥たちはあの低い箱に押し込められ、速達便で運ばれる旅の途中、少しも世話されることなく、ついに喉の渇きや窒息で死ぬ、あるいはその前、終着駅に着いたときにすでに死んでいる。生温かいポレンタをやっとのことで幾口か呑み下した。ヴィクトリアさんは警察の手入れに巻き込まれたのだろうか。だったらビニール袋を取りにこられなかったし、所持金保持もできなかった。即刻次便の飛行機に座らされるのが落ちだ。ポレンタは冷める。市立公園から尾の長い鳥が一羽プラットフォームに飛んできた。元気よくあちこち跳ねまわり、蚊に食いつく。今、赤茶色の胸、白い腹部の綿毛、小さな黒い顔を見せている。白額尉鶲《しろびたいじょうびたき》にちがいない。鳥の黒っぽい丸い目はきらきらと人懐っこく近づく、鳥はアフリカのサヴァンナとステップへ行く旅に遅れてしまったのか。ポレンタをぼろぼろにして掌に乗せる。シロビタイジョウビタキは幾度も空中へばたばたと舞い上がり、だがそのまま遠巻きにしている。塔の壁に頭を凭れて目を瞑り、じっとポレンタのくずでいっぱいの掌を広げたまま待つ。町の上空の飛行機の騒音なぞ聞くもんか。まだしばらくこの華奢なシロビタイジョウビタキがあの苛酷な冬旅にも耐えるさま、体重軽減のための羽の小骨に空洞があるさま、空気抵抗の強弱の差、高度の違いによる温度差を知っているさまを思い浮かべる。その後うとうとしたに違いない。手に華奢な足指がさっと置かれて目が覚める、限りなく軽い重さと嘴の素早いつつきを感じる、それからシロビタイジョウビタキは塔の上空へ去ってゆく。

辺りは急にうす暗くなる。炎に縁取られた朝焼け雲が、そのまま町の向こう、黒雲になった。そして突然、稲光もなく、一度の雷鳴もなく、塔のそばのグリーンの足漕ぎボートの隊列からパラパラしだす。雹が年もこんなに遅くなって。そんなことってあるかしら。しかし突如こんな勢いよく来るのは土砂降りだけだ、水上からも波止場からもザアザア雨音がする。プラタナスの下の人々は頭にビニール袋を被って逃げ出し、また別の人々は交通の流れに飛び込んで向こう側のアーケードへ逃れ込む。カジノの透明なエレベーターは間を置かず上下する。毛布を体に巻いて屋根裏部屋へ上がる。すっかり暗いが、ヴィクトリアさんのベッド前のむきだしの床に座る。ともかく寒く感じたので、少し躊躇った末さらにヴィクトリアさんの毛布にくるまった。雨音は鈍くなるが、ひっきりなしだ。暫くして、眠りの浅い頭に、はっきりと塔の前から叫び声が聞こえる。しかしヴィクトリアさんの声ではない。すぐにわたしの全身が耳になり、ひたすら夜に向かって聞き耳を立てる。誰かがわたしの名前を呼ぶのだ、ああそれが誰なのか分らなかったかと自分で驚く。ヴィクトリアさんの毛布をさらにぎゅっと抱きしめる。毛布は突然温かくなって息をし、わたしの腕の中でちょっと動く、それはおかっぱで肘と膝に黒いカバーをつけた少女、その子はまだすごく小さく眠っている。子の額は闇に白く光る。真夜中灯りのない見知らぬ家でわたしはその子をひしと抱いて立ったまま、向こうの、弱い灯のついたわたしの窓を見遣る、窓の外には鍔広の帽子と長いコートを着た男が何時間も陣取っていて、アルコールの熱波の勢いを借りて、わたしの名を呼び続ける、一方、あたりは冬霧が深い峡谷を巻いてみるみる濃くなり、家の前の広場を覆ってしまうのだけれど。今は聞こえるのは、あらゆる手を尽くして宥めたり脅したりの声だけ、だがその後突いて出るのは、悩みだけ、しかも最も孤独な苦悩。それでもわたしは動かない、この両親から譲られたわたしの命を、損なうことなく恐れることなく、全うする以外になにもできないことに打ちのめされて。

しかしわが身を苛《さいな》むことからひとは逃れることはできない。ある日わたしたちは傷痕だらけで再会する。深夜、寝に着いた。いつも願っていた静けさが、今は重くのしかかる。屋根裏部屋からヴィクトリアさんの立てる物音がなく寂しい。それほど彼女に馴染んでしまったか。

塔の二十七日目

朝、遠吠えに近いニャアニャアいう猫の声に目が覚める。その後ドアを引っ掻く音が激しく執拗だ。目を開けてベッドに横たわりながら承知している、そう、ヴィクトリアさんは戻ってこなかった。戻って来たと睡眠中に感じていたら、嬉しくて目覚めただろうが。今日は事務官に真新しい洗濯物を持って来てもらいたい。起床後すぐ、別の未使用のシーツをくしゃくしゃに丸めてしまう。そのあとドアを開ける、と戦場が目に飛び込んできた。プラットフォームに、ボロボロに引き裂かれた鳥の羽、血糊のついた綿毛が散乱し、端には噛み切られた鳥の頭が横たわる。クロウタドリだったに違いない。真ん中に黒の雄猫が座っていて、うわべは知らん顔で毛繕いをしている。一瞬それを中断し、こちらをしばし見つめ、そして胸を舐め続けるが、少し気が立っている。無言でわたしはプラットフォームの、引きちぎられた鳥の羽根の間に座りこむ。モスグリーンのアームチェアの下、その詰め物が床すれすれまで膨らむところ、二つの黄色い目の周り《アイ・リング》が子どものわたしを見つめ、黒い瞳は死の不安で光っている。わたしはゆっくりとアームチェアの下に両手を滑らす、クロウタドリが残した温もりはまだカーペットにあるに違いない、だってわたしの方へ逃げて来たのだもの！いつの間にか黒猫はこちらへ音もなくやって来た、短毛の狭い額がわたしの額に触る。途方に暮れたわたしがわずかに猫の押しに応えるや、しかしすぐさま猫の舌の奥からは勝ち誇った唸り声が洩れる。

事務官はわたしの前に立ち、咳払いをする。いつからそうしたのだろう。いっぺんに我に返って最初に確認したのは、彼が洗濯物の包みを持っていないことだ。興奮したわたしはずたずたに引き裂かれたクロウタドリの残骸を指差しながら言う、どうかこれを持って行って下さい。事務官は身を屈める気配を見せない。心配そうにわたしをまじまじ見る。血塗りの綿毛がわたしにくっついているんだろうか。すぐやって下さい。とさらに言う。事務官は動かない。そんなことがあるだろうか、いきなり彼の目に拒否のようなものが浮かぶ。洗濯物のことを尋ねよう。わたしが日にちを覚えていることはわたしの頭がおかしくない証拠だ。しかし事務官は一歩近づいた。小声で訊く、ぼくを鳥だと間違えていませんか。むろん、と気色ばんで言う、あなたを事務官だと思っているわよ！事務官は両肘を掴む、えっどんな風にですか。同じアッシュグレーの羽をしているでしょ、とわたし、同じペールホワイトの尾羽、ただし火のように赤い目の周りだってあなたと同じよ。事務官はもっときつく肘を掴む。長い脚だって鳥はあなたに似てる、と続ける、やや平べったい頭頂部、しかし後頭部の黒い装飾羽、事務官さんはそれを真っ直ぐ立てておけるし！羽を耳の後ろに隠した書記官のように彼はステップをすいすい歩いてゆくし。地面を頼って、空中には違和感がある事務官さんはいやでも翼が必要ね、でもなにかの加減で飛行を迫れば、そのために離陸滑走をしなきゃ、でもひとたび高空に達したら楽に滑空できるわ、一羽ばたきしなくたって長距離飛行よ。わたしは事務官の握りしめを強く感じるので、力任せに左右に体を動かして抵抗し始める、それでプラットフォームが軽く揺らぐ。ずっと雨が降っていたことに今頃気付く、昨晩から止んでいなかったかしら。事務官は撥水製の上着を着ているらしい、しかし顔が濡れて光っている、わたしの方も頬に湿った髪の毛が貼り付いている。それにしても変な光景ね、と大声を出して言う、わたしの声は波止場通りのぬかるみを行く車の軋む走行音を凌ぎそう、事務官はわたしの向こうを張る、雨季の前にステップの原っぱで野火焼きが行われたらねと。最初はゆっくり、それからどんどん速く、パチパチ音を立て、煙をもうもう上げながら、野火は広がる、最後まで眠むっている草原動物を驚かせるさ、しかし最速で前進する炎前線の前を行くのは事務官だ、何時間も立て続けだが、決して逃走してるんじゃない、むしろ狩猟しているのさ、前傾姿勢で、あせりと欲のためにほとんど中断しない、移動弾幕射撃が近づこうがどうだろうが、信じられないほどの大群の逃げる動物たちを呑みこむさ、なんとしたことか、やつは喰っている、と事務官は叫ぶ。彼はわたしをきつく両腕で抱きしめる。なおもわたしは猛烈にもがくので、プラットフォームが揺れる、二十一匹のカメよ！とわたしは叫び返す、二十一匹のカメが、殺された事務官の嗉嚢《そのう》から引っ張り出された、十一匹のトカゲに三匹の蛇、それに無数のバッタも。事務官はわたしを体に押し付けるので、もう言葉も出ない。プラットフォームは踊り出し、わたしは事務官の上着の蒸れる臭いを深く吸い込む。彼の腕に抱きしめられて慰められるほか、もはやこの世には何もない。そしてそのあと、湖上のずっと先まで目を遣り、ますます滑らかになる波に降りしきる雨音を聴いている。

事務官はクロウタドリの遺骸を取ろうとして屈む。わたしはくしゃくしゃに丸めたシーツを取りに塔に入る。しかしこれをいつも丸めた山にして渡していたが、今日は入念に畳む。新しい洗濯物を持ってこなかったことは何も意味しない、それを訊いたりするつもりはないと、畳みながら自分に言い聞かせる。きちんと畳んだ山を腕に抱えて塔の前に出る。事務官は待っていて、しばらくわたしを無表情に見つめる。それから黙ったまま一つ一つ、残っていたクロウタドリの体の部分をシーツに並べる。血の付いた腹部の綿毛、尾羽、丸まった足指、頭はやや横に倒れ、目は飛び出ている。しかし今黄色い瞼の縁が痙攣しなかっただろうか。まるで棺台に乗せられたようにシーツの上のクロウタドリはわたしの腕に横たわっている。事務官に訊く、なぜペパーミントを持って来なかったのかしら。ペパーミントをクロウタドリと一緒に埋葬できたでしょうに。事務官はシーツの山をわたしから受け取りながら、物思わしげな視線を、入室お断りというプレートに向ける。殺到するお客が相変わらず多いんですとわたしが落ち着いて喋る。だが事務官は別のことを考えている風だ。彼はいきなり勢いづいて話す、確かに、鳥の捕縛禁止はありますが、我が町の寂れた地域から鳥はどんどん去っていきます。ですがその一方で、予期していなかった、より温暖な地域から移住する鳥がいるという話を聞いたことがありますか。広域の変化が起きています。鳥たちは絶えず新しい生活域を開拓し、拡大と後退はふつうのことで、ぼくたちが常態と思うことはむしろ例外も例外です！事務官はさっきのわたしと同じく前にシーツを抱え持って、もうプラットフォームの端にいる。エスプレッソは明日持ってきますと続けて叫ぶ、そしてわたしは長いこと、彼がシーツの山を持ってバランスをとりながら通行人の間を縫って進む様を見送る。塔へ振り向く。あろうことか、わたしはたった今ビジターと言う代わりに客と言ってしまった。

夜明けまで屋根裏部屋に残っていた。指令室なのだ！ヴィクトリアさんのビニール袋は配置を変えずにベッドを囲んでいる。もうあえて触ったりしない。薄明の中、ふとビニール袋が、ぐるり空き地を囲む捕鳥場の樹木、ブナとオークの並びと何か関係している気がした。そして塔はこの短い雨季に遭い、実際こんなに風化してしまったのだろうか。樅の木板は灰色で早くも腐ってきたように思える。もしかするとヴィクトリアさんは旧屠殺場の占拠者たちの所に身を隠したのか。それとも永久に背を向けたいと思った遠い国の街道をすでに彷徨っているのか。またビニール袋の環、ベッドの青白い空き地に目が行く、きっとヴィクトリアさんの結末はわたしに分らずじまいだろう。これほど多数の塔の日々を経験したのだから、しっかり、全力を挙げ、ビジターに対しわたしに負わされた対応、無関心を貫こう。ただし市当局が要求するとは別のやり方で。ヴィクトリアさんのことで不安がらないことを、彼女に対する最後の信頼の表れにしよう。その後事務官が新しい洗濯物を持って来なかったことがまた浮かび、不安を抑えられない。明日は日の出とともに残ったシーツの数を数える。いまはもう少し屋根裏部屋で見張りを続けるのだ、ヴィクトリアさんがいなくなってから早や寝は考えられない。彼女のベッドからそっと毛布を引き、それにくるまって、開いた窓辺に近づく。雨は止んでいた、だがもうすぐまた降りそうだ、円錐形の山々が黒雲に呑まれている。じっと耳を澄まし、湖畔近くの噴水のパチャパチャ吐き出す水音が聞こえるだろうか。しかしむろん冬の季節は始まっていなかった、町の噴水装置が沈黙し、突然そこが人が通れるようになる、そしておかっぱ頭の少女がわたしを振り切って、そうでもしないと本当の町が解読できないわよとばかり、苔むした貯水槽に入り込んで何時間も歩き回ったりする冬は。こちら側の波止場には二、三のアーケードの灯だけが点っている、一方対岸のレモンハウスはまるで観劇パンフレットのように、夜の中に温かく照射されている。落ち着きが戻った。波止場の灯が水上に投げる弱い光線の端に、緑色の足漕ぎボートを見つけても衝撃を受けない。それは他の足漕ぎボートの群れから離れた、そして塔近くに来ている。だれがわたしを包囲しているか、それはもちろん分っている！でも初めて怖がらずに、ボートに座る人影に迫る。一心不乱に迫るので、自分の指が鍔広い帽子を撫で、今度は自分の手が黒いコート生地を撫でているのを感じる。そしてもう一度このコートをしっかり抱き寄せる、このコートをある日ひとがわたしのために血を乾かした革のようにごわごわにしてくれた、それは血糊のついた動物の皮膚そのもの。それを浴槽に深く押し付ける、赤い波がわっと表面に浮いて出る、動物はまた生き返った！その間にコートはとっくにまた羽織れるようになって、緑の足漕ぎボートの人影にぴたりと合う。誰かがこの塔の建設でわたしを打ちのめそうとしたのだろうか。しかしなんとその人間はわたしに慰めを、悲嘆を味合わせ、そしてその繰り返しでぞっとさせた、それがついに、秋の暗い晩のなんとも形容しがたい平静さと変わった。また雨が降り出した。レモンハウスは夜の中に照っている。緑の足漕ぎボートは括りつけたように同じ場所にいる。わたしは階段を下りてゆく。

塔の二十八日目

まだ七枚のシーツが食堂にある。夜明けにすぐ数を数えた。ブリオッシュのパックはまだ二ダースある、全体として不安がる根拠はない。ベッドは、使えると思えないが、ヴィクトリアさんのために空けておく。日中何度かプラットフォームに出ては、知らない人が入室お断りの標札を裏返さなかったことを確かめる。夜じゅう雨が降っていたに違いない、標札がふやけて波打っている。市立公園の木の葉は音もなく散る。対岸の、雨雫が垂れる松と椰子の間に、灯も消えた黄色いホテルが立っている。それはそのうち砂漠の砂に溶解するだろうけれど！すでに籐の肘掛椅子の置かれたバルコニーは姿が見えなくなったが、首を長くした松が、砂をザラザラ蹴る本物のラクダと化した。ついにはラクダから東方の三博士の荷物が下ろされた、金と乳香と没薬あふるる長持ちだ、そして三博士のうちで一番年若い黒い肌のカスパルが、年老いたバルタザルの後ろから、好奇心いっぱいに身を乗り出す。彼は目を大きく見開き、得意そうに笑い、樽から乳香を立ち上らせる、探し求めた星を間近に見たのだろうか。いやそうじゃない、わたしたちに歓迎のお辞儀をしているよ。階下、三博士ホテルの敷居に、おかっぱ頭の少女とわたしが立っている。わたしの母が、そこから数歩のところに、永遠にケルヒェルの中の棺台に安置されてからというもの、この軋る木の階段のホテルがわたしたちの住まいとなった。到着の度にわたしたちはまず入り口の前にスーツケースを置いて三博士を見上げると、彼らのラクダから取り外された荷物は黄色い砂の上に積まれていた。この三博士の荷物ときたら、東洋風なところは全然なく、むしろ海外用スーツケースに似ている、そう、帽子を入れるドラムのような帽子箱もあるらしい、さらに、うちの地下室の通路にあった、わたしが時々新聞の束を詰めたのとそっくりのチェストも。隣の少女は年老いたバルタザル、豪華なオコジョの毛皮を両肩に巻きつけ、腕に金の宝物を持つバルタザルが好きで、わたしはでも黒い肌のカスパルの方が好き。わたしたちは晩になったら、大きな板張りの部屋のミラーサイドボードにオレンジで供物祭壇をこしらえようね、それは小さな樅の木の箒を振る、鈴をつけたカーニバル仮装の人たちから貰ったのよね。オレンジをひとつまた一つと重ねてゆく、するとまるでわたしたちは天辺に、遠い東方の、風の抜ける、神様が崇められる塔に、いる気がする。しかしわたしたちのいるところは家よ、確かなその証拠は、天井の板張りから覗く白いティッシュペーパーで、枕の真上のどこかに穴か裂け目があると、それを詰めるから、わたしたちはここに来る度に再発見してほっとするね。

おかっぱ頭の少女は最後のドラム連打をしながら疲れ果ててベッドに倒れ込んで寝てしまった。街灯は部屋の奥深くまで光を投げ、鏡に映るオレンジの山は二重になってほのかに光り、音もなくドアは開くと、黒い肌のカスパルが目を大きく見開きながら滑り込む。

真夜中おかっぱ頭の少女が今にもベッドからずり落ちそうになる。ベッドに起き直って座ったものの、狼狽《うろた》えてわたしから目を逸らす。わたしのいることにも、鏡に映ったオレンジの山にも、その子は安心できない。すぐ頭上の天井の穴に詰めた青白いティッシュペーパーが、どうやらその子の頼りになる。少女は枕に仰向けに寝る。わたしは黙ったままその子の腕を撫でる。よく出かけるけど、なぜあたしを連れていかないの、とその子は小声で尋ねる。でも体を起こせば、あたしすぐ分かっちゃうわよ！それからベッドから抜け出してそこらじゅうを探すわ、急に錠に鍵がかかる音を聞いたらドアへ飛んでいく、まだ暗くたって、ウールのふわふわグリーンのウィンタージャケットなら見分けられる。捕まえたいと思うのに、すり抜けて階段へ出てゆくんだもの、あたし後を追っちゃう、振り返る顔は、狐の顔してる！いつものほっぺでないし、いつもの髪でないし、とんがった毛むくじゃらの鼻面、ぴくぴく耳を立てて、燃えるような目つきをしてる。わたしは毛布を引っ張り上げ、少女をひしと抱く。この子はだって遠い丘のてっぺんにある塔の周りのブナの木のざわざわする音を聞いていたんだね！その音は間近で凄まじい、まるで六月の風に揺れる大枝がわたしの肩から生えたみたいに。しかし垂直な亀裂ができて塔は真二つになった。暴風の夜だったろうか。かつての樹木の回廊の葉の茂から一羽のクロウタドリの悲鳴が響く。

ホテル三博士は、白いティッシュペーパーが依然と天井の隙間から覗いているにもかかわらず、その間に閉鎖されていた。肌の浅黒いカスパルはラクダに荷を負わせ、旅を続け、ついに最高の山岳峠を越えて、二つの円錐形の山のある南の湖へ下りた。そこで彼は砂漠の砂を思い出させる黄色いホテルに降り立った。しかしホテルのレセプションで本名を明かすことはなかった。顔を漂白し、ターバンを取り去り、乳香の香りも感じさせなかった。なぜわたしは一目で彼に気付いてしまったのか。まるで稲妻が一場を照らすように明白だった。わたしのカスパルは誇り高く用心深いが、もしかするとやっぱり自信過剰なのかもしれない。何でだろうか。わたしたちが二言三言言葉を交わすや、彼はわたしに無邪気に、子どもの頃顔を黒く染めたことを語る気になる。ぎょっとして彼を見つめる。彼は落ち着き払って話し続ける、ある雨降りの夏の夕方、裸足で父親の仕事場の静かな地下室に足を踏み入れた、こう聞いたこの瞬間に、なにもかも詳らかにわたしの目に浮かぶ。カスパル少年は仕事場のベンチに座って裸足の脚をゆらゆら揺すっている、様々な釘を分けるのも並べるのも数えるのもやった、今度はたどたどしく請求書に前もって印刷された項目をくり返し声に出して読む、かかと、先端、角、かかとの裏地、靴の内側の底革、表側の靴底、靴つま先の革、紐穴、留め金、フック、黒染色、修理、着色、彼は勢いづく、特に読みの最後が気に入った、黒染色、修理、着色だよ！それって何か命令のように聞こえるじゃないか。そして靴クリームの缶、特に黒クリームは、化粧テーブルにあるみたいに手を伸ばせば届く距離に並んでいるから、カスパル少年は一刻も迷ってはいられない。それっと缶の蓋をねじって開ける、指で顔中を耳の後ろまで黒く塗る、靴クリームはすごく伸びがよくって、油があって、独特に臭って。これで完成。彼は兄弟たちを驚かそうと飛び出す、俄かに夏雨がぱらぱらっと来た、さっと顔を車のサイドミラーに写す、雨なんて平気さ、黒い頬を伝わっても色ははげないさ！車の狭いミラーを覗いて目をまん丸くして笑う。わたしのカスパル博士の話はもうとっくに次に移っている。それにしても何たる打ち明け話だろう！ぐっと感情を抑えよう、注意を払っていよう、だが遠くから、向かうところ敵なしの、眩いばかりの沸き立つ血潮が到来を告げている。

雨が規則正しくプラットフォームを叩く。カスパル博士は夢でお告げを受けていたので、ラクダに乗り、別の道を通って故国へ戻る。ホテル三博士が閉鎖となるはるか以前に、中央広場南側の、あの建物の中の郵便局も業務終了したが、その窓口ホールには彩色された半円頭ヴォールトとアーケードの開口部があって、子ども時分のわたしには舞踏会用ホールに思えた。ふと気がつけばこの窓口ホールは、外国へ騎乗するカスパル博士と結びつく。というのは放浪者伯爵の、郵便局建物にあのほれぼれする登場の仕方と言ったら誰にも真似できなかった。窓口ホールの上空、彩色された天井の空には、切手貼付の通信物をつけた伝書鳩が、疾駆するバレエ団よろしくビュンビュン飛び回る、その間わたしたちはその下で今か今かと待っていた。さて放浪者伯爵が長いトレンチコートに身を包み硝子ドアから現れたとき、誰もが彼に思わず知らず場所を開けた。フランスベレー帽をぴったりとあみだに被っていたので、ちらっと見ればベレーを髪と思ったかもしれなかった。しかし放浪者伯爵はもう髪がほとんどなかった、もしかすると鉱夫《ミネール》という仕事のためにかもしれない、あるいは外人部隊兵士時代に砂漠で髪を陽光で焦がしたのかもしれない。放浪者伯爵はつかつかと窓口へ進んだ、厳めしくベレーを正し、ホール中に聞こえる声のフランス語で尋ねた。アンドレ伯爵

1905番宛のものは何かありますか（エスク ベ ザベケルク ショーズ プール グラフ アンドレ ミル ヌフ サン サンク）。わたしたち子どもはだれも、伝書鳩の一羽が天井で一通の彼宛ての通信物を落としていたら驚かなかっただろう。硝子の間仕切りの向こうの郵便局員はいいえと頭を振った。放浪者伯爵は辛抱強く窓口の前に立ちつくした。救いを求めてわたしたちは飛びまわる伝書鳩を見、せっせとありとある電報にいそしむプットたちを見上げていた。そして突然、わたしの顔は恥ずかしさでさっと赤くなった、あの上、建物の彩色頂部に座し、さすらう通信物の混乱を落ち着き払って見守るのは誰なのか気付いたのだ。つまり彼女こそ放浪者伯爵の秘かな盟友なのだ。彼女こそ、白く光る絹のブラウスを着、彼女の目の色と同じ水色のヤグルマギクの入り混じる、フランス菊のゆったりとした花輪飾りを膝に置いていた人、およそすべての遍歴の秘密に通じる人、靴屋の大伯母だ。わたしは首うな垂れ、心臓は割れ鐘を打ち、その音は窓口の前で待つ人々皆に聞こえるに違いない、わたしの足はグリーンに光りだす。ふたたび目を上げると、放浪者伯爵はすでに自転車にまたがっている。ホテル入り口の上の三博士の星は色褪せる。この夜、どこかにヴィクトリアさんはいる。わたしたちは、たった一日のように短いとはいえ、ともに隣り合う客であった、それだけのことだったろうか。

塔の二十九日目

夜ヴィクトリアさんがわたしのベッドに来た。頭に冠羽をつけていて、それがごくわずか揺れた。はっきり見えた黒い羽には青い光沢が、羽一つ一つに白い縁どりがあった。ヴィクトリアさんの目は瞑られていた。長い間わたしのベッドの前に立ち尽くし、わたしの知る低くスースーいう彼女の息遣いまでも聞こえた。だがそれにしても彼女はなにを見たくなかったのか。ずっとヴィクトリアさんを見つめていた。しかし彼女の目は開かなかった。朝風に冠毛が微かになびいたとき、彼女は姿を消した。

すでに午前中また激しい雨降りが始まっていたから、日中でもしっかりと明るくならない。ヴィクトリアさんの冠毛を思い出そうとすればするほど、羽は何か所か擦り切れていて、褪せてみすぼらしく見える。自分が、祖父母の庭のさくらんぼの木の下に潜んで家財すべての競売の成り行きを見守る父親になった気がする。しかし今彼はハチドリにしか目が行っていない。ハチドリは透明な柩のように見える硝子ケースに入れられ、なぜテーブルに置かれたのか。庭の砂利道には、椅子、ミラーつき収納家具、カップボードが置かれ、すべてに評価額を殴り書きされた貼り紙がついている。最後の品《トリ》として剥製のハチドリたちが値の決まる木槌の打音を待っている。彼らはうちの外国産のお宝ではないのか。しかし今テーブルに容赦なく曝し物にされるや、なぜ一挙にあれほどみすぼらしく、埃っぽくそして小ささのためかグロテスクっぽく見えるのだろうか。父は祖父が南米の原始林の奥地で狩りをしたさまを語るとおりに、いつもハチドリの生きた姿を目前に浮かべていた。生き生きと弾むような飛び回り、それはどこに行ったのか。激しい動きの愛すべき魅力はどこへ。空中で振動を垂直に停止する姿はどこへ。羽のエメラルドグリーンは鈍色と、黒い頭頂部は灰色となり、菫ブルーの喉は汚れて見える。嘴は可笑しなアンテナのように鳥の小集団から伸びている。父は競売の第一声ですでにハンマーが下る音を聞く。本来の静寂が彼を襲う、すべてを失った人々の静寂である。彼はさらに身をかがめてさくらんぼの木立の下へ行く前に、もう一度、ハチドリたちの入った、高く挙げられた硝子の柩を注視する、そしてこの瞬間こそ、彼がすべての敗残者たちに生涯の誠を捧げたときだったに違いない。

午後遅く突然雨が止む。しかし降雨にやられ、町から生活が退却してしまったように、波止場はすごく静かなままだ。南の連山の向こうにしかドラマチックな光の変化は生じない。塔に滞在してから今初めて一瞬、雲の塊がすべてをまた覆い隠す前に、遠い元日の日から二度と行っていない、あの山の尾根道が見えたように思う。ロープウェイの麓駅はまだ陰にあり、周りの草地は霜のためカチカチに硬く、チェアリフトのロープは樹氷で白かった。チェア部分は本当には止まっていない、いわば運転中にそれっと跳び乗らなければならないが、強ばった黒の硬い革コートを腕に抱えたその男性が、気取った一時中断をして、わたしを特別慎重にくるんでくれる、身重の女性たちにどこからこんな目つきができるのか。しかもまだこの子の姿はなにも見えていない、動きもしない、まだ羊水で夢見ている、今チェアがパッと飛びあがって遅れを取り戻す。わたしたちは日陰から冬の陽光につっこむ。この上空の身を切る寒風は何と澄みきっているか。ますます幾重にも畳まれる渓谷、雪に埋もれる山の背、きらめく入り江が眼下に広がる。幾度かチェアは少しガタガタいう、それからまた低いうなり音、蒼穹へ舞い上がる。強ばった古い革コートの下でほとんど動けない、それほどギュッとロープウェイ麓駅でコートにくるまれていた。しかしわたしと同じ黒いコートにくるまれる男性は、走行中ずっと、わたしの隣に座っているわけではなく、ミイラの包帯から腕を振りほどくようにして、鍔広の帽子を朝風に振り、声を限りに新年おめでとうと言おうとしているのだろうか。まだ彼の笑い声が聞こえる、それでもわたしがひとりぼっちで座るチェアは、もはやロープに固定されていない、だがいささかも動じることなく、そう飛び続けよう、眩しい冬の世界の彼方へ！

夕暮だ。プラットフォームからも、水平線上に南の連山の一つももはや見つけられない。疑いつつも塔の外壁を検分する。建物の老朽化はもう明らかだ。一方では材木が湿気でふやけたようだし、もう一方では亀裂が木板に生じている。鴎の糞があちこちに飛び散っている。今晩は妙な気がするが、町中にヴィクトリアさんの姿を探そうと思わなかった。でもどこにいるのかしら。アルハンブラだろうか、屠殺場か、はたまた水路か。塔が倒壊しそうになればなるほど、塔を離れがたい。もういくぶんか塔とわたしは一体化してしまった。入室お断りの札の向きを直した後、屋根裏部屋へ上って、通りと広場が一斉にぱっと輝くさまを見る。ポレンタに今日はほとんど触れもしなかった。ヴィクトリアさんがもういなくなってから一番寂しいと思うのは、彼女のちょっとした癖だ、それが楽しかったことに気付かなかったけれど。それは塔に入って来た後、階段を上るとき、しばしば彼女がみせたあのちょっとしたピョンピョン飛びだった。何というか踏み段を踏むには余計なのだが、踏むのを楽しんで少し過度にピョンピョン跳ぶのだ。しかしそのピョンピョン跳びの瞬間、世界には輝きが、塔の生活は決して止むことはないという信念があった。夜が更けて雨雲が晴れたと確認できる。寒いな。少なくとも一度屋根裏部屋で眠りたい。でもこの誘惑に抵抗する。もしヴィクトリアさんが戻って来て、わたしが彼女のベッドに寝ているのを見たら、どうするの。素早く中階へ下りたって、採光スリット越しに、波止場へ今日最後の一瞥をやる。

何か白っぽいものがプラタナスの木立の下で動いた。こんな遅い時刻にまだふらふら飛び回る鳩なの。明るい色の斑点はしかしはっきりと塔の近くを行き来する。小さな片手が絶えず合図している、間違いっこない、黒いカバーを肘と膝に付けた、おかっぱ頭の少女だ！しかしどうしてだろ。わたしを迎えに来たと想像してしまう。ほかは何も考えずに一気に駆け下りてプラットフォームへ出る。少女はその間にインラインスケートに乗って特に強い助走をつけてしまったらしい、流れるような曲線でプラットフォームのそばを飛ばし、しかも今度は片腕を激しく振りながら去って行く。あの子はひどくはしゃいで、何をやっても勝つのはあたしよ、という感じで、一瞬彼女の白い歯がキラッと輝くのまで見えた！しかしすぐきっぱりとわたしに背を向ける。相変わらず手を振り、こんどは両腕で自由奔放に空中を漕ぎながら、もうプラタナスの木立の下へ遠ざかってしまった。

塔の三十日目

すぐ屋根裏部屋に来てみると、まだ塔の中は暗い。窓シャッターを開けるが、ガタガタ音を立ててしまう。町はだが深い静寂の中だ。ここ数日の降雨の後で蒼々した夜色だ。水上にだけうねうねと霧が流れ、山々の向こうに夜明けが感じられる、市立公園からごくわずかさまざまな音がする、短くて華奢な啼き声だ、一番鳥たちが動き出す。そしてじきに波止場の木立から、頭上の空から他の鳥の声が応える、おずおずとした囀り、長く引っ張った呼び声、軽やかな響きの絡み合いが始まる、独特なルールに従って夜明けの儀式だ。五時半きっかりに塔のドアを叩く音がする。いったいだれかプラットフォームに近づいたのか。アッ、ヴィクトリアさんだ！飛ぶように階段を駆け降りる。ドアの前に立っているのはレインコートを着た男性二人。あなたは解雇されました、と一人がきつい口調で叫ぶ、あなたはいつも一人で塔内にいましたね！もう一人が入室お断りの札を無造作に弄んでいる、それを指で上下に引っ掻いている、そうしながら大声で笑っている。この笑いは知ってる、知ってる！その二人は市役所の者だ。わたしは急に大胆になって事務官はどこなんですと訊く。軽蔑の眼差しがわたしを掠める。自分の荷物を詰めて下さい、二人の男のうちの一人がわたしの耳元で言う、二十分猶予をあげますから。返す言葉もなく塔のドアを後ろ手に閉め、機械的に自分の服を掻き集める。それから躊躇《ためら》わず屋根裏部屋へ上がってヴィクトリアさんのビニール袋をすべて運びおろす。すべてぶら下げてプラットフォームへ出ると、二人の男は汚れたビニール袋に不機嫌な様子だ。彼らはわたしを街なかの、もう波止場までできたが、プラタナスの木の下まで同行する。大きな広場まで来たので言う、もう大丈夫です、一人で駅へ行きたいと思います。さっき笑っていた男がにやりとし、わたしの護衛のもう一人がわたしをどうしたものかと見ている。学芸員の給料は無論論外です、彼は言う、しかしもし町を今日中に立ち退けば、その他の措置については不問にします。ヴィクトリアさんのビニール袋を握りしめて頷く。身じろぎもしないで立ち尽くしている間、男二人はすこし迷った末、頭を下げて別れを告げ、まだひと気ない広場を渡って足早に市役所の中庭へ消えた。ほっとして漸く塔を振り返る。

アッ、動いている！信じられなくて波止場へ駆け戻る。間違いない、塔がプラットフォームに乗ったまま、モーターボートに牽引されてゆっくりと湖へ出て行く、そのカタカタ音がわたしの方まで迫る。そして前、そうモーターボートの船首に、長い黒のコートに鍔広の帽子を被った人影が立っている。空中では、鴎が鋭く鳴き、塔の屋根は、山間から斜めに落ちる朝日を受けて、一瞬キラッと光る。塔は、早くも湖へ、翼が生えたように、滑って行く。あれだとはっきり見極めるか見極めないうちに、モーターボートは水上を覆う霧の帯に近づき、そこに入り込み、塔とともに姿を消してしまった。プラタナスの葉蔭から鳥のふたつの黒い瞳がわたしを見つめる。波止場の往来はますます騒がしくなる。どうしてだろうか、不意に気持ちが晴れた。すべて失われたものを抱えて、なに心なく、目覚める町へ入って行く。

訳者あとがき

本書はGertrud Leutenegger : "Matutin" Suhrkamp Verlag, Frankfurt am Main 2008を基にしています。Matutinはラテン語の"matutinus"「朝の」に由来し、カトリック教会の聖堂内で定時に修道士（女）が聖堂に集まって祈る聖務日課の内の一つを指し、「徹夜（朝課）」ないし「朝の祈り」と訳される、真夜中から早朝の間の祈りです。本書にカトリック教会の朝の祈りの文言が発されることもありませんからタイトル「朝の祈り」は、語り手が一人でしばしば瞑目して行う瞑想と考えてよいと思います。実際にはまだ薄暗い早朝、午前、日中、薄闇の夕暮れ、夜のいずれにも、語り手は自らの記憶をたどり、過去を反芻して自己と向き合う瞑想に耽ります。ただし鳥たちの目覚め、囀る早朝の明るい光りに対する志向が窺われ、祈念的ですらあります。そして恋人との夜の逍遥が「黙想」Exerzitienと表現されること、あるいは「わたしの受難週が始まる」との表現も、語り手の子供時代の生活に馴染んだカトリック信仰が影響する文学的表現でしょう。

「ここの世界の内部に住んでみたい」と語り手は明言します。引き籠もれる場所、瞑想の起こるべき場所、塔は実際にはどんな造りでしょうか。この塔は湖の入り江の埠頭のプラットフォームに繋がれたために、始終揺れる木造建築で、電気の設備もない空間は、一階と中階と屋根裏階です。そして内部はベッドとトイレと、記録文書とろうそくが置かれる棚だけです。食べ物はポリ袋に入った多数のブリオッシュの他は、一日一食配達されるポレンタのみです。この簡素な食事とインテリアも語り手は「気に入って」います。一見して修道僧的生活にふさわしい空間です。しかし引き籠もるといっても、ここには自然と人間の営みが広く見渡せる場所、明るい光の当たる屋根裏部屋があります。

ところで塔は何のためにあるのでしょうか。それは今もスイス国内のイタリア語を話す地域に見かける、野鳥を捕えるための観察場です。捕鳥者は最上階で野鳥の群れを監視しつづけ、見つけるや道具を使って群れを威嚇し、森の中の空き地に据えられた網に誘い込み、捕らえるのです、そして地階は他の鳥を欺くための囮鳥の訓練場になっています。捕鳥場施設で何百年も続いた残酷な捕鳥方法は、むろん現在、法律で禁止されている営みです。この施設を再現して建てられた記念建造物《モニュメント》が本書に登場する塔です。語り手の揺れる心が平静さを希求する場所、それが鳥たちを破滅させる場所であったのです。

語り手は市の公募に合格して、期限は知らされないまま、観察塔に滞在することになります。結局30日後にこの木造建築は朽ち果てます。彼女の役目は学芸員としてビジターに捕鳥観察塔の残酷な機能と鳥の捕縛の歴史の記録文書を伝えることです。

語り手が求める自らの過去を顧みる修行僧的生活は遮られます。それを突破してやって来る登場人物四人について述べましょう。まず言葉を交わす現実の人物は、市の事務官と外国人女性です。食事と寝具の運搬人の男性は市当局の事務官で、毎日のように訪ねてきますが、実は自分の監視人であると語り手は気付きます。小説の中で唯一名前を持つ人物、この塔にビジターとしてやってきた若い外国人女性に、語り手は塔の規則に反して何日も宿泊を許してしまいます。例の記録文書の内容を伝える仕事を果たそうと関わるうちに、この外国人女性が、不法滞在者そして不法就労者として追われてこの塔に逃げ込んできた、「法律の保護外に置かれた」状態であると知ります。その語のドイツ語vogelfrei—鳥の自由を持った—は暗示的です。外国から放浪してきた人間と、渡りをする野鳥とが重なるように描かれています。しかも実は語り手自身も重なるのです。

会話は生じないが、語り手の想念に迫る人物が二人います。いつも規定された文言付きで、枕詞のように表現されます。「おかっぱ頭で、肘と膝に黒いカバーを付けた」スケーターの少女と「鍔広の黒い帽子をかぶった」、「長い黒コート」の建築家です。彼らは最初は不分明な、謎の存在として小説空間に幾度も浮遊し、次第に語り手に追憶を促し、実人生にかかわる人物だと分かります。修行僧のごとく狭い空間に閉じこもる瞑想生活とは、語り手の場合、自己自身だけでは収まらず、現実に生きる、触媒として人間が必要と言えます。

さて小説作法の一端を述べましょう。性、出自、年齢、名前、住所などの説明のための文章がないのがこの著者の特徴の文体です。本作でもそもそも説明をしない記述が他の文章に埋もれるように出現し、いわば著者からの仄めかしで行われるので、そのために分かりにくい小説と言われたりもします。しかし仄めかしは著者からの仕掛けです。例えば、語り手について原文では、感嘆符のついた短文ないし語が現れますが、それを語り手の感慨と捉えると見分けやすいかもしれません。また本作の小説でもストーリーが時間の系列に従って流れることはなく、語り手の描く過去のシーンが時の流れを逆らって突出するのも特徴的です。シーンの扱いは前景と後景、明と暗、軽みと重みが重層的に行われます。小説全編に種々の鳥たちが現れますが、その最初、クロウタドリは語り手にすでに宿っていた放浪の孤独を先駆けする徴です。この野鳥たちの幸福と苦難のシーンを後景として、間を置いて語り手と外国人女性がともに渡り鳥、移動する鳥として暗示的に描かれる前景があり、それらが入れ替わる印象を起こさせます。このフェードアウトとフェードインするシーンが場面にヴィヴィッドなリズムを生みます。人間の複雑さを描く筆致も繊細です。前面にある母親の姿は快活で、早く亡くなった父親の姿は哀切ですが、彼らの裏面も偲ばれるシーンもまた描かれています。また地に足をつけた大伯母の剛毅な生と浮浪者伯爵のひょうひょうとした生き方という快活さと軽み、対する小さな哀切の影があります。こうした子供時代がリズミカルだが、くっきりとした影を持つストーリーとして語られるのに対し、揺れる心、破綻した結婚生活とその間に育った子供との難しい関係を経験した、いわば中年の語り手の暗い苦悩はごく切れ切れに、抑え気味に描かれます。ここにある著者の仄めかしを読者は解読する必要があります。著者と読者の相互のキャッチボール、これも著者の望む仕掛けと言えます。

最後に、翻訳にあたり聖書及びカトリック関係については宮本絢子氏にご教授いただいたことに感謝申し上げます。そして三元社石田俊二氏には、出版と販売に関して多大な助言とご協力をいただけたことに深くお礼を申し上げます。

二〇一七年八月　東京久我山にて

五十嵐　蕗子

●著者紹介●

ゲルトルート・ロイテンエッガー Gertrud Leutenegger
1948 年シュヴィーツ（ドイツ語地域）生まれの現代スイスの女性作家。長年スイスのイタリア語地域に暮らすが、現在はチューリヒに在住し、作品（いづれもドイツ語）を発表。最近の著作は、小説 *Pomona*『ポモナ』(2004)、*Gleich nach dem Gotthard kommt der Mailänder Dom*『ゴッタルト峠の直ぐ後にミラノ司教座大聖堂が来る』(2006)、*Matutin*『朝の祈り』(2008)、*Panischer Frühling*『パニックの春』(2014) など。

●訳者紹介●

五十嵐蕗子（いがらしふきこ）
1944 年東京生まれ。早稲田大学大学院文学研究科博士課程満期退学（1972)。ドイツ語ドイツ文学専攻。国立音楽大学音楽学部退職（2009)。
訳書：J. ゼルケ著『女たちは書く－ドイツ・オーストリア・スイス現代女性作家の素顔』(1991 共訳、三修社)、V. ベンホルト・トムゼン編『女の町フチタン－メキシコの母系制社会』(1996. 共訳、藤原書店)、ライムント・ホーゲ著『ピナ・バウシュ－タンツテアターとともに』(1999. 三元社)、Cl.v. ヴェールホフ著『自然の男性化・性の人工化－近代の認識の危機について』(2003. 共訳、藤原書店)、イェルク・ツィンマーマン著『フランシス・ベイコン「磔刑」』(2003. 共訳、三元社)、カロリーネ・ヒレ著『ハンナ・ヘーヒとラウール・ハウスマン－ベルリン・ダダ物語』(2010. 書肆半日閑)、ゲルトルート・ロイテンエッガー著『ポモナ』(2013. 書肆半日閑)

朝の祈り

発行日　2017年10月31日　初版第一刷発行
著　者　ゲルトルート・ロイテンエッガー
訳　者　五十嵐蕗子
発行元　書肆半日閑《しょしはんじつかん》
〒168-0082　東京都杉並区久我山 3-35-15-313
Tel・Fax　03-6386-6778
発売元　株式会社 三元社
〒113-0033　東京都文京区本郷 1-28-36
鳳明ビル 1 階
Tel 03-5803-4155　Fax 03-5803-4156
組　版　コロニー東村山
印　刷　東京コロニー
製　本　東京コロニー
コード　ISBN 978-4-88303-446-8